真夜中だけの十七歳

櫻いいよ

ポプラ文庫ピュアフル

目次　Contents

I

夜の
十七歳

太陽が眩《まぶ》しすぎるから、昼よりも夜のほうが心地いい。なんとか明るさを保とうと必死に光る電気の下にいるほうが、気が楽だ。

駅前の繁華街から少し離れた場所にある公園で、制服に身を包んだ翠《みどり》はいつもそんなことを思う。

「この前のテレビ見た？　私ハマッてるんだけどさ」

「最近はやってるあの漫才、オレ完コピできるんだけどちょっと見てくれよ」

「この動画すげえ面白いんだけど」

一緒にいる友人たちが、いつものように大きな声で騒ぐ。

頭上には外灯。周りはマンション。おそらく近隣の住人は毎日騒がしいこの集団に難色を示しているだろう。近くの看板に『夜は静かに』と注意書きがあるけれど、直接なにか言われたことはない。五人から多くて七人になる高校生の集団に、なるべく関わりたくないと思っているのかもしれない。

「なあ、翠ー」

目の前で最近はやっている漫才師のコントを再現する姿に腹を抱えて笑っていると、のしっと背中に重みを感じて「おえ」と声が漏れた。

「なにすんだよ、蒼甫《そうすけ》」

「これ壊しちゃってさあ。直せねえかなあって」

暗闇でも色がわかるほどの明るい髪色の蒼甫が、翠の目の前でチェーンを揺らす。よく見ると途中でひとつの輪っかが歪み、ほかの輪に絡《から》まっているのがわかった。蒼甫は翠のそばに腰を下ろし、「どう？」とじっと翠を見る。

「今日持ち帰っていいなら直ると思う」

歪みの隙間に引っかかっているだけなので、道具があればすぐに直すことができるだろう。ペンチがあれば簡単そうだ。手先が器用な翠なら、素人にはその修復の跡さえ気づかないくらい丁寧に元に戻すことができる。

「さすが！　助かる！」

蒼甫はそう言ってにっと白い歯を見せて笑った。

「大事なものなのか？」

「マコから誕生日プレゼントにもらったものなんだよ」

なるほど。それは大事なものだ。

マコこと真琴《まこと》は蒼甫の彼女で、かわいい見た目とは裏腹にかなり気が強い性格をしている。普段、このグループでは中心的存在の蒼甫も真琴にだけは頭が上がらないらしい。蒼甫の誕生日はたしか二週間ほど前だったはず。みんなと一緒に十八歳を祝った記憶がある。といっても、この場所でコンビニケーキを食べただけだけれど。

そんな短期間で壊されてしまったと知ったら、真琴は激怒することだろう。ちらりと真琴に視線を向ける。お笑い担当の大輝《だいき》のコントに夢中なようで、蒼甫と翠がこそこそ話していることに気づいている様子はなかった。もしかしたら、蒼甫が大輝に真琴の気を逸らすよう頼んだのかもしれない。

ただ、翠が口を割らなくても、真琴が聞き耳を立てていなくても、そのうちバレるだろう。蒼甫は隠しごとができないバカ正直なタイプだ。

「んじゃ、明日持ってきてやるよ」

「さすが翠！　神の左手の持ち主！」

「ただの左利きだよ。なんだそれ」

「ほんっと翠と知り合えて俺は幸せものだよ」

「気持ち悪いんだよ、やめろバカ」

ぎゅうっと抱きついてきて、頬を擦りつけてくる。ぐいと顔を押し退《の》けると「かわいいなあ、翠は」とまるで弟をかわいがるように頬を緩ませた。

「またいちゃついてんのかよ」

ふたりのやり取りに気づいたガタイのいい優一《ゆういち》が、指をさしてケラケラと笑った。その後ろからひょっこりを顔を出した真琴が「もうー妬《や》けちゃうなあ」とわざとらしく頬を膨らます。

「いちゃついてねえよ！」

「翠はひとつしか年が違わないのにかわいいんだよなあ。蒼甫お兄ちゃんでちゅよー」

「やめろ、お前みたいな兄貴はいらねっつーの」

「翠はわたしの弟だよねー」

百七十五センチの蒼甫に対して、翠はまだ百七十ほど。優一は百八十ちかくある。蒼甫たちをはじめ、真琴やほかの女の子たちからも弟のように扱われるのが気に入らない。

「そのうち、お前らよりも身長が伸びるんだからな！」

「十七歳じゃもう無理だって」

「うるせえ、おれはまだまだこれからなんだよ」

そう言うと、蒼甫たちはぎゃははと大声を上げた。


十時になり蒼甫たちと別れると、翠は自転車にまたがり家に帰る。片道四十五分の道のりを突き進み、家の前で顔を上げると窓から光が漏れていた。今日も母親は寝ずに翠の帰りを待っているらしい。

顔を合わせることに気の重さを感じつつドアを開けて中に入ると、リビングの座椅子に座っていた母親が渋い顔で振り返った。

リビングというより居間といったほうがしっくりくる八畳ほどの部屋で、母親は時間つぶしに内職をしている。季節に合わせてセット売りするお菓子のパッケージだ。折り目に沿って組み立てるだけの、単純作業。一枚の紙が箱になるのでなんせかさばり、テーブルの上にも床にも箱が積み上げられていて、もともと狭い部屋がより窮屈に感じられる。

「おかえり」

母親の声には翠に対する非難が込められていた。

「……ただいま」

「こんな時間までどこ行ってたの。いつもいつも……そんな制服姿で」

まだ十一時だ。そんなに遅くないだろう、と言いたい気持ちを抑えて翠は「友だちと遊んでただけ」と短く答える。父親の姿が見えないので、お酒を飲んでもう寝ているのだろう。

母親の目元にはくっきりと隈《くま》があり、それが自分のせいであることを翠は知っている。夜に蒼甫たちに会いにいった日、母親はいつも寝ずに翠の帰宅を待つ。父親と一緒で次の日も朝早くから仕事に行かなければいけないというのに。

「べつに待ってなくていいのに」

「そんなわけにはいかないでしょう。お腹は空いてないの？」

「いらない。お風呂入ったらすぐに寝るから」

母親の小言から逃げるように風呂場に向かうと、床がぎしぎしと鳴いた。母親がいつものように力ない足取りで歩く音も聞こえてくる。

心配をかけていることはわかっているけれど、蒼甫たちに会いにいくことをやめる気はない。だからこそ、毎回帰宅するたびに眉間にシワを寄せる母親と対面すると、いらだちが募ってしまう。

もう心配されるような年じゃない。放っておいてほしい。でも、自分は子どもであることに間違いない。親からすれば、庇護《ひご》の対象だ。親のおかげでこうしてなんとか学校に通わせてもらい、最低限の衣食住も与えられていることを自覚している。そんな立場の自分が悔しくなって、親に思ってもいないことを口走ってしまいそうになる。

翠の家は、あまり裕福ではない。どちらかといえば貧乏だろう。

築四十年ほどの古い木造の二階建て。一戸建てではあるけれど、父親の知人から格安で借りているものだ。玄関のドアに一応鍵はついているけれど、蹴り飛ばせば簡単に壊れそうだし、床はどんっと足踏みをすれば抜けてしまいそうだし、ビー玉を置けば勝手にころころと転がりだす。

綺麗好きの母親のおかげで汚くはないけれど、ボロ屋であることは隠しようがない。お風呂のいたるところにあるどうしようもないカビから目を逸らして翠はささっとシャワーを浴びた。

ボロボロのタオルを肩にかけて、六畳の自室に戻る。昔、居間で使っていた丸テーブルが畳の真ん中にあり、そばにクッションがふたつ。すみにはベッドではなく布団。掛布団は何年も前から使っているので擦り切れているし、敷布団もぺしゃんこで座ると腰が痛くなる。

布団に倒れ込むと、家がぎゅっと音を出して揺れた気がした。隣の部屋で寝ている父親のいびきが聞こえてくる。風が吹いたのか、窓ガラスがガタガタと震えた。

家に帰ってきても落ち着かない理由は、この貧乏のせいだ。貧乏が体の中に染み込んできて、やるせない気持ちが募る。明日の昼ご飯はきっと今日の晩ご飯の残りだし、腹一杯は食べられない。いまもくうっと小さくお腹が鳴った。母親の言葉に甘えてなにか食べさせてもらえばよかった、と後悔したものの、母親の寝不足に拍車をかけるのが嫌だった。翠が夜に出歩かなければいいだけなのだ。それができないからこそ、これ以上親に負担をかけたくない。あの不機嫌な母親とあれ以上会話をしたくなかった、という理由もある。

一度お腹が空いたことを意識すると眠れなくなってしまう。さっさと寝てしまわなければ。

自分にそう言い聞かせて、目を瞑《つむ》る。瞼《まぶた》の裏に、蒼甫たちと過ごす公園の心もとない外灯が見えた気がした。

◇

朝、目が覚めると、現実を目の当たりにして翠はいつも気が重くなる。

燦々《さんさん》と照り輝く太陽の熱は、秋になりずいぶんと穏やかになった。けれど、眩しさは変わらない。

目をこすりながら部屋を出て、洗面所で顔を洗う。両親はすでに家を出たあとで、テーブルには翠のために朝ご飯が並べられていた。メニューはここ数年変わらず食パン二枚とジャムだけ。飲み物はお茶のみ。用意されたご飯をひとりきりでもそもそと食べて片付ける。そして学校に行く準備を済ませるとお弁当を手にして家を出る。いってきますもいってらっしゃいの言葉も、ここ数年翠の生活にはない。

自転車にまたがり片道十五分かけて学校に向かう。

信号が赤に代わり、ブレーキをかけると、キキキ、と耳障りな音が響いた。

この自転車は十年以上前に翠の父が買ったもので、中学入学したころに譲り受けた。オレンジの折りたたみ自転車だけれど、一度も折りたたんだことはないし、翠はそのやり方すら知らない。持ち運べるサイズになったところで重いし、いまの翠の生活にはその必要性はない。徒歩より早く、お金を使わずに目的地にたどり着くことができればいい。そのため普段の生活には欠かせないものだ。毎日通学に使用していることに加えて、蒼甫たちと遊ぶために週に最低でも三回は片道四十五分走らせている。

かなり無理をさせているのでそろそろがたが来てもおかしくない。けれど、新しいものを買う余裕はない。

「頼むから壊れるなよ」

翠は自転車をそっと撫でて呟き、青信号に変わるとともにペダルを踏み込んだ。

翠が学校に着くのは、いつも始業のチャイムが鳴る十分ほど前。騒がしい教室が翠を待ち構えている。昼間が嫌いな理由は、学校で顔を合わせるクラスメイトたちがいつも満たされているように見えるからだろうと翠は教室に入るたびに思う。

「あ、おはよう翠」

「おう」

席に向かう途中、男同士でケラケラと笑い合っていた秀明《ひであき》が声をかけてきた。それに対してそっけない返事をするけれど、秀明は気にする様子も見せずに輪から抜け出して「なあなあ、今日の宿題やってる？　見せて」と近づいてくる。

「いいけど……勉強しろよお前。バカになるぞ」

そう言ってカバンからプリントを秀明に手渡すと、代わりに翠の手のひらに三百円が入ってくる。

「もうバカだからいいんだよ。さんきゅー！　助かるー」

秀明は満足そうにプリントをひらひらと振って、さっきまで話していた友だちの輪に戻り「これ写そうぜ」と翠のプリントを掲げる。ぽつんとひとり取り残された翠は、三枚の百円玉をギュッと握りしめてポケットに入れた。

宿題ひとつにつき、三百円。

二学期が始まり、夏休みの宿題を見せてほしいと言われたときから始めた、翠のちょっとした小遣い稼ぎだ。

秀明はともかく、ほかの男子は宿題を見せてお金を取る翠に対していい印象を抱いていないだろう。ちらりと秀明のほうに視線を向けると、そばにいる友だちは渋い顔をしているのが見えた。夏休みに入るまでは普通に貸していたのだから、余計だ。そうでなくても、以前から何度か「翠は偉そうだ」と言われたことがある。

女子には無愛想であることから怖がられているようでほとんど話しかけられないし、男子でも親しげに話しかけてくるのは秀明くらいで、あまり好かれていない。でも、そんなことは翠にとってはどうでもいいことだ。

無視されているわけでも、いじめられているわけでもない。どちらかといえば翠が冷めた態度や歯に衣《きぬ》を着せない言い方をすることで、故意に人を遠ざけている。やってきた宿題を人に見せてはいるけれど、できることならあまり親しくなりたくないと思っている。嫌なら一切関わってこなければいい。宿題だって自分でちゃんとやってくればいい。他人に頼らなければいい。

が、自分がどう思っていようと結局他人は人に泣きついてくる、それがすべてだ。もちろん、翠にとってもお金が手に入るのであればありがたいのだが。

机に突っ伏して目を閉じ寝たフリをして予鈴が鳴るまでの時間を過ごしていると、そばで誰かが話す声が聞こえてくる。

「そのガチャ全然当たらねえんだけど」

「課金したらいいじゃん」

「今度あのゲームの新作が出るらしいぞ」

「あの漫画の新刊買って読んだけど、すげえ面白かった」

目だけではなく、耳も閉じてしまいたい。

くだらないガキっぽい会話なんか聞きたくもない。

バカみたいにお金をかけて、はやりのものに食いつくクラスメイトたちの姿を翠は軽蔑している。親から十分な小遣いをもらっている奴らに抱くこの気持ちが嫉妬から来るものだという自覚はあった。だからこそ、バカにして自分が我慢していることから目を逸らすしかないことも。

手元にある三百円。いまの自分にはそれしかない。でも、それでいい。少なくとも、自らお金を稼いで得たものだ。

周りの喧騒から耳を塞ぐように夜を思い浮かべた。

ああ、早く夜にならないかな。

日が照っている間は、閉じていても瞼を光が透けてくる。

蒼甫たちと中身のない会話をしている時間のほうがよっぽど楽しい。この窮屈な制服を脱いで、身軽な自分でいられる夜の時間。

それがあるから、学校に友人なんていなくてもいい。

蒼甫たちと出会ったのは、夏休みに入る直前の、いまから二ヶ月ほど前のことだ。

「だめよ！　バイトなんて！　無理に決まってるでしょう」

せっかくの一ヶ月半の休みだ。その間くらいならいまの自分にもできるバイトがあるんじゃないかと仕事から帰ってきた母親に相談すると、一蹴《いっしゅう》されてしまった。

「なんで？　べつにいいだろ、休みの間だけなんだから」

「それでもしなくてもいいでしょう。なにかほしいものでもあるの？」

「……そういう、わけじゃ」

「だったらなんのためにバイトをしようと思ったの」

母親に訊かれて、翠はぐっと言葉に詰まる。

言っちゃいけない、と思う。同時に、言わなきゃわからないのかと責めたい気持ちが湧き上がってくる。

どこを見ても視界に飛び込んでくる古い家に薄汚れた家具、ボロボロの寝具にカーテン。廊下に積み上げられている内職の段ボール。畳はすっかり傷んでしまい歩くとぎゅうっと沈むし、強い風が吹くだけで家全体が軋《きし》むのがわかる。ここ数年、両親はずっと数着の服を着回しており、それは翠も同じだった。

なんでバイトがしたいのか。その理由が、ただお金がほしいという以外にあると思うのか。

「不自由な生活は、させていないでしょう」

「……っもう、いいよ！」

母親の声を遮るように叫び、踵《きびす》を返し家を飛び出した。

「翠！」

背後から聞こえてきた呼び止める声を無視して自転車にまたがりペダルを踏み込む。どこか行きたい場所があるわけじゃない。ただ、現実が見えない家の外に逃げたかった。

午後九時過ぎの夜道を、無我夢中で自転車で駆け回った。汗が滲み、息が乱れるくらいに。古くなった自転車が、ギイギイと悲鳴を上げる。

――うちが貧乏だから悪いんじゃないか。

――お金がほしいだけに決まってんだろ。

唇に血がにじむほど歯を立てて、心の中で叫び続けた。

――不自由してるから、バイトがしたいんだよ！

叫びながら、なんでこんな気持ちにならなくちゃいけないいんだと、悔しくてたまらなくなる。そんなことを考える自分のことも、嫌になる。

自分はただの養われている子どものくせに。両親が必死に働いてくれているから、こうして学校に行けてご飯だって食べられて毎日を過ごすことができているのに。

わかっている。文句なんて言えない。

でも、胸の中で燻《くすぶ》る気持ちを、消化できない。

満たされていた記憶があるから、そう思うのだろうか。

昔は、幼い翠でさえ自分の家が裕福だと理解できたほど、なんでも手に入った。

小さな町工場の社長の父親と、その会社で経理をしている母親。もともとは祖父が立ち上げた金物屋で、広告代理店などからの仕事を請け負っていた。従業員も二十人ほどいて、住んでいた家も新しくはないけれど純和風の大きな一軒家だった。

ほしいと思ったものはすぐに与えられた。新しいおもちゃに自転車、机に漫画にゲーム機。翠はいつもそれをクラスメイトに自慢し、気前よくそれを貸し、ときに友だちを家に招き一緒に遊んでいた。好きだったプラモデルだってすぐに買ってもらえた。

それが変わりはじめたのは、翠が小学校高学年になってから。

仕事量と比例するように従業員は徐々に減っていき、中学一年生に進学したタイミングで、家もお金になりそうな立派な家具や家電も売り払っていまの倒壊寸前のような家に引っ越すことになった。翠にとっては急に世界が変わってしまったかのような変化だ。

それ以降、ゲームはおろか、新しい服さえも買ってもらえなくなったのだ。翠がいま着ているチェックのシャツも、袖先に小さな穴がいくつも空いている。

昔は誰よりも先に自分が新しいものを手にしていたのに、いまは誰かが持っているものを横目で見るだけ。それを羨ましいと思う自分が惨めで仕方がない。だから、興味がないフリをして強がっていないと自分を保てない。

本当は新しいゲームがしたい。プラモを作りたい。その漫画面白いよな、とみんなの輪に入って話したい。でも、貸してほしいだなんて言えないし、言いたくない。貧乏になったことを同情されるなんてまっぴらだ。

「十分不自由だっつーの！　クソ！」

舌打ち混じりに悪態をつき、肩で息をしながら自転車から飛び降りた。音を立てて自転車が駐輪場に横倒しになる。

あれがほしいこれがほしいと、そう両親に言えば困らせてしまうことはわかっている。誰よりも両親の近くで家の変化を見てきたのだ。だからこそ、バイトという手段でお金を手に入れれば、この胸の中に渦巻く気持ちに折り合いがつけられるのではないかと思った。自分なりになんとかしようとしているだけ。

なのに。

ポケットに手を突っ込んで、奥歯を噛みしめながら歩いた。

こういった話で両親と衝突するのははじめてのことではない。そのたびにいつも家を飛び出して翠は誰もいない場所で歯を食いしばって過ごした。けれど今日は無意識に光り輝く場所を目指していたらしく、家から電車で数駅の大きな駅前にある繁華街に足を踏み入れていた。

小学生のときは両親とともに飽きるほど買い物にきた場所だ。いまの年齢なら友人と休日に遊びにくるようなところだろうけれど、友だちもお金もないいまの翠には関係のない場所でしかない。

午後十時前の商店街は、スーツ姿の男性や仕事帰りらしい女性、そして高校生や大学生らしき人が好き好きに歩いている。そばにあるさまざまなショップからは光が溢れていて、真新しい商品がずらりと並べられている。

海外からやってきたらしい旅行者が、いくつもの紙袋を手にして満たされたような笑顔で翠の横を通り過ぎた。ズボンの尻ポケットから、長財布がちらりと顔をのぞかせている。

――旅行するほど金があるなら、少しくらいなくなっても気づかねえんじゃねえの。

メガネをかけた、翠よりも体の小さな学生たちが、周りを気遣うことなくポータブルゲーム機片手に話しながら歩いていた。翠がほしいと思っているゲーム機。

――あいつらからならいくらか奪ったっていいんじゃないか。

してはいけないとわかっていても、そんなことばかりが脳裏をよぎる。

と、前から、地味な男がひとり向かってくるのに気がついた。どう見ても自分よりも年上だけれど、力では負けそうにない相手だ。お金を持っているようには思えないけれど、気になっているプラモデルを買う足しくらいにはなら……。

すれ違いざまにふっと頭が真っ白になり、引き寄せられるように方向転換をした――そのとき。

「う、わ！」

視界がなにかに遮られて、どん、と体がぶつかった。

声を上げたのが自分なのか相手なのかもわからず鼻を押さえながら顔を上げると、なぜか口元にうっすらと笑みを浮かべた少年と目が合う。

両サイドのショップから溢れる光を吸収しているみたいに、ほんのりと赤みを帯びた明るい髪色。着崩された制服にベストを着ていた。星のようにきらりと輝く耳元のピアスは五つ以上。彼のそばにいる背の高い男はぎろりと翠を見下ろし、派手な女子は面白いおもちゃを発見したかのように目を輝かせている、ように見えた。

誰がどう見てもあまり素行のよくない高校生の集団に、翠は少しだけ体を強張らせて「すみません」と頭を下げる。

「いや、こっちこそ悪いな」

笑っているけれど、なにかされるのではないかと翠は身構えつつ「じゃあ」と後ろに一歩下がった。

その手を、少年はしっかりと摑む。

「な、なに」

振り払おうにも強い力に翠はかなわない。

戸惑いながらも逃げ腰な気持ちを悟られないように目の前の少年を睨みつけると、少年はにっと白い歯を見せた。

「なあ、お前お腹空いてねえ？」

彼は返事を聞くつもりがないのか、そのままぐいぐいと翠を引きずるように歩きはじめ繁華街を抜けていく。「おい！」「離せって」と何度訴えたかわからないけれど、そのたびに彼は「べつに取って食うつもりはないから大丈夫だって」とケラケラ笑うだけだった。

そばにいた連中も「またかよ」と苦笑を見せながら彼を止めようとはせず、翠に「まあまあ落ち着け」と馴れ馴れしく肩を叩いて笑うだけ。女の子たちは「ビビッてんじゃん」と噴き出していた。

連れていかれた場所は、小さなうどん屋だった。

繁華街から十分ほど離れた場所にあり、『うどん　栗本《くりもと》』と木に書かれた看板が入り口の上にぶら下がっている。つぶれているのではないかと思うほど真っ暗なその店に、彼らはなんの躊躇《ちゅうちょ》もなく踏み込んでいく。そして奥に入った男がスイッチを入れたのか、ぱっと電気が点いた。

「お、おい」

――これって強盗とかじゃねえのかよ。

青ざめながら声をかけると、「きつねでいいよな」とぐいっと背中を押され席に座らされた。背の高い男がカウンターの中に入り、テキパキと動きはじめる。

そして数分後、目の前に置かれたのはゆらりと湯気の立つきつねうどん。すでに夕飯を食べていてお腹は空いていなかったはずなのに、あたたかそうなそれを見るとお腹が小さく鳴った。

「うまいぞ、優一のうどん」

そう言って、翠の手を摑んでいた彼が目を細めた。さっきまで不信感と不安で一杯だった気持ちが、店内のほっこりと灯る光のせいなのか、美味しそうなうどんのせいなのか、すうっと解けてテーブルに立てられていた箸に手が伸びる。

うどんは太く長く、コシがある。揚げは齧りつくと口の中にじゅわっと出汁《だし》が溢れてきた。優しいのにしっかりと味がある。夏に熱いうどんなんて食べたいと思ったことはなかったのに、額に浮かぶ汗を拭うこともなく夢中に食いつくほど美味しかった。

翠がうどんを食べている姿を見て、「うまいだろ」と満足そうに体の大きな男が目を細める。「ここのうどんは世界一だよねえ」と女の子ふたりが目を合わせて笑ってから食べはじめた。

こんなふうに誰かとご飯を食べるのはいつぶりだろうか。

周りに人がいて同じうどんを食べている光景が、翠の緊張を解きほぐしていくのがわかった。

最初に声をかけてきた彼の名前が蒼甫だと教えられたのは、翠がうどんを食べ終わったころだった。常に蒼甫の隣にいる女の子は真琴といい、蒼甫の彼女なんだと言って派手なメイクなのに子どものように顔をくしゃりとつぶして屈託ない笑みを見せた。目鼻立ちがはっきりしていてかわいいけれど、化粧をしていなければ地味な顔になりそうだな、と失礼なことを思う。

優一はこのうどん屋の息子らしく、お腹が空くとこうしてみんなで店に来るらしい。父親である大将も、優一の友人たちにならといつもタダで振る舞ってくれるのだと言った。ほかにも大輝という少し小柄だけれど顔にいくつものピアスを付けた奴。そして、クールな印象の黒髪ロングの紗友里《さゆり》。

「みんなこのへんで適当に会った奴とか、中学のときの連れの連れとか、そんな感じ」

バラバラの制服の理由を、蒼甫はそう説明した。年齢も、蒼甫と優一と真琴は高校三年、大輝は二年、紗友里は一年。改めてみんなの制服を見るとたしかにそれぞれ違ったものだった。みんな上は白のシャツだけれど、蒼甫は黒のパンツ、優一は茶色のチェック柄、大輝はグレーでネクタイもあったりとさまざまだ。女子の制服は男子よりももっと違いがわかりやすい。

　いまの自分のように、なんとなく集まった面子《メンツ》のようだ。

「お前は？」

「……翠、十七、歳」

　翠は考えるよりも先に口を動かして答えた。そんな翠に蒼甫は、

「これもなにかの縁だ、仲よくしようぜ」

と、頭をぐりぐりと撫で回し、「敬語は使わなくていいからな」と言った。

　一見怖そうな集団だったけれど、彼らはよく喋りよく笑った。そのくせ、重要であろうことはなにも聞いてこない。どこの学校に通っているとか、学校でなにがあったかとか、高校生らしいテストのことや受験のことも、誰も口にしない。くだらない話はこれでもかと思うほどにペラペラ話すくせに、深い話題には一切踏み込んでこなかった。

　ただ、話すだけ。翠がうどんを食べ終えてからもしばらく店内で過ごしていたものの、やがてそこを出て公園に行って時間をつぶす。

　最初は翠を除いて五人だったのが、いつの間にか七人に増えて、蒼甫は当然のように「こいつ翠」と新しい顔に翠を紹介した。それだけだ。名字を訊かれることは一度もなかったし、お金を使って遊ぶこともない。携帯を取り出してゲームをする子もいたけれど、

それに没頭しているわけでもないようだった。

不思議な集団だと思った。

翠の知っている、こういうガラの悪そうな奴らはみんな、なにかしら悪いことをしていた。お酒を飲む、煙草を吸う（優一の制服のポケットからちらっと箱が見えた気がするけれど）、カツアゲをする、とか。

もちろん彼らが清く正しい高校生だとは思わない。深夜に公園にたむろってバカでかい声で騒いでいるのだから近所迷惑も甚《はなは》だしいし、そもそも予備校だとか正当な用事もなく高校生がこんな夜に出歩いている時点でおかしい。

でも、悪い奴らには思えなかった。

「なあ、翠携帯持ってねえの？　連絡先交換しようぜ」

「あ、おれ携帯持ってない。そんなお金ねえし」

「まじかよー！　なに、いまどき携帯持ってないおれ、みたいな種族かよ」

「種族ってなんだよ。金がねえって言ってるだろ。このシャツ見たら貧乏だってことくらいわかるだろ」

「ヴィンテージだろ、それ。いいじゃん！」

ここには、不思議なことに学校で味わうような惨めさがない。着古したシャツの裾が擦り切れていても、笑い話にできる。

「翠、お前もポテトチップスはコンソメ派だよな！　塩とか言うんじゃねえぞ」

「……しょうもねえ議論だなあ」

「はあ!?　なに気取ってんだお前！」

高校生だというのに、小学生みたいなくだらない話題で盛り上がれる蒼甫たちとの時間は、ついさっき会ったばかりなのに学校にいるときの何倍も笑顔がこぼれた。

こいつらは、過去の自分を知らない。ほしいものが手に入った翠も、それを失ったことをなんでもないことのように振る舞う虚勢を張った翠のことも、なにも知らない。いま目の前にいる翠だけを見て、いまこのときを楽しんでいる。

――だから。

「誰かしら毎日この辺うろついてるから、気が向いたらまた来いよ」

帰り際蒼甫にそう言われて、翠は次の日も自転車を漕いで会いにいった。一度家に帰ってから出かけるにもかかわらず制服を着たのは、彼らに溶け込みたいと思ったからだ。

学校が終わって帰宅すると、出かけるまでに宿題と予習復習を終わらせるのが翠の日課だ。勉強に興味はないけれど、この時間が明日の数百円になるかもしれないと思うと手が抜けない。おまけに自分の偏差値も上がるので、ゆくゆく使える武器になるとも思っていた。

以前から家ですることがなく机に向かっていたから、勉強自体は苦ではない。それに、夜に家を空けていても、成績が下がらなければ両親も強く文句を言えないこともわかっている。

そのあとは、蒼甫から預かったチェーンの修理。すべてを片付けてから、余った時間は図書室で借りてきた本を眺めて過ごす。近代建築の写真を眺め、気に入ったものをノートにシャーペンで簡単に描き写した。三つ目の絵を描こうとしたところで手がぴたりと止まる。

「……もうなくなるな」

ぱらぱらとめくっても、余白はほとんど見つからない。隙間なく文字や絵を詰め込んでいるのに、あっという間に埋まってしまう。はあっとため息を吐いて、秀明から受け取ったお金で明日新しいノートを買うことを忘れないように心に留めてから腰を上げた。

冷蔵庫に小分けにされたカレーと冷凍されたご飯を見つけたのでレンジであたためひとりで食事を摂《と》る。今日は金曜日なので、両親の帰りはいつもよりも遅くなるだろう。もしかするとこれから出かける翠が帰宅するよりも遅くなるかもしれない。そして、多分明日も仕事に出るはずだ。いったいいつ休んでいるのか。

ご飯を食べ終わった七時過ぎ、翠は再び制服に袖を通して家を出た。

自転車にまたがり、突き進む。ペダルを漕ぐたびにギイギイと耳障りな音が響いた。日に日に音は大きくなっているような気がする。もし壊れてしまったら翠の移動手段がなくなってしまう。それは、翠にとっては光を失うようなものだ。自転車の負担を減らせればと、少しだけスピードを落とした。

蒼甫たちと出会ったころは夏休み直前だったけれど、二学期が始まり九月も末になると、夜は涼しさを感じるようになった。通り過ぎる空気が心地よい。あと数ヶ月もすれば、今度は凍えるような冷たい空気になるのだろう。せめて手袋は用意しておかないといけないな、とのんびり自転車を走らせながら思った。

速度を落としたからか、目的の公園まで一時間ほどかかった。車の通りが少ない場所に自転車を止めて、蒼甫たちのもとに向かう。光に集まる虫のように、公園の外灯の下には数人の人だかりが見えた。そして、笑い声とスケボーが地面を滑る音が聞こえてくる。

「よ、翠」

シャツの上に薄手のパーカーを着た蒼甫がひらひらと手を振っているのが見えて、翠は「おっす」と言いながら近づく。

ここにいるメンバーは、日によってさまざまだ。ただ、蒼甫だけは必ずいる。少なくとも、翠が顔を出す日に蒼甫がいなかったことはない。

「ちょうどよかった、いまからちょっと散歩でもしてお腹空かせてからうどん食いにいこうかって話してたんだよ」

「おー、いいじゃん行く行く」

さっきカレーを食べたばかりだったけれど、育ち盛りでなおかつここまで自転車を走らせてきた翠にとってはうどんくらい問題ない。

それに優一の店のうどんは絶品だ。あとから聞いた話だけれど、この辺りでは昼時には行列ができるほどの人気店らしい。

「翠が来るならこの時間だから、それまで待ってたんだよ」

「まじで？　やっさしーじゃん蒼甫」

蒼甫は「そうだろうそうだろう」とちょっと自慢げだ。

「翠は携帯持ってないから、先に行くわけにもいかねえしなあ」

優一が笑いながら翠の頭に手をのせると「変わってるよねえ」とゲラゲラとバカにするように蒼甫や真琴たちに笑われた。けれど、それがかえって翠の気持ちを軽くさせる。はっきりと口にされると、翠も素直に文句を返せるからだ。

「だから、お金がねえだけだって何回言わすんだよ」

「そういう体《てい》だろ。本当はカッコつけて持ってないだけだろ」

そうじゃないことをわかっているから、蒼甫たちも笑ってくれるのだろう。「実際カッコいいだろ」と翠が話を合わせると「それでこそ翠！」と満足そうに歯を見せる。

「でも携帯持ってないと煩わしいことから解放されるのはいいよねえ」

真琴は携帯片手にしみじみと呟いた。本当にそんなことを思っているのかと訊きたくなる。万が一携帯を落としたら誰よりも慌てふためく姿が想像できる。

真琴の言う煩わしさに憧れる気持ちはあるけれど、翠がそれを体験するのはまだ当分先だろう。いまの翠の経済状況では、携帯なんて無駄遣いにもほどがある。安いプランを蒼甫たちに教えられたものの、翠の日常生活にはあまり必要性がない。

「まあ、いまはいらねえよ。蒼甫たちにはここに来れば会えるし」

「なんだよお前ー、かわいいこと言うじゃん」

「だから、抱きつくのはやめろって、キモい！」

弟を愛でるように顔を擦りつけられて、鳥肌が立つ。蒼甫はそのまま翠の肩を抱き「昨日のどうなった？」と耳打ちしてきた。翠は真琴をちらりと見てこちらを見ていないことを確認してから、蒼甫から預かったチェーンをポケットから取り出し手渡す。宣言通り完璧に修復されている。

「さすが、翠。助かった！」

「ちゃんと確認しなくていいのか？」

「翠のことは信用してるからな。ほい、千円」

蒼甫は翠から受け取ったチェーンをそのままポケットにしまい、代わりに一枚の千円札を翠の手に握らせる。

「いつもより多いけど。五百円でいいのに」

「口止め料だよ、真琴に言うなよ」

なるほど、と呟いてから「まいど」と言って翠はそれをありがたくポケットに入れた。

翠がこうやって小銭を稼ぐようになったきっかけは、蒼甫と出会ったからだ。

出会って数回目の夜、真琴がお気に入りのピアスを壊してしまったことに落ち込んでいた。ビーズが連なった細かなデザインのピアスの一部が切れてしまったのだと見せられたそれを、翠はうまくつなげ、左右のバランスも調整した。ついでにキャッチの歪みも直してやった。

もともと翠は手先が器用で、細かい作業をしたり、なにかを作り出すことが好きだった。家が貧しくなる前は、毎日プラモデルを作っていたくらいだ。

それを見た蒼甫が「これでバイトみたいなことしたら？」と言ってきたのだ。

一律五百円という値段は蒼甫が勝手に決めた。ピアスが元に戻って機嫌が直った真琴は「いーじゃんそれ」と言って財布から五百円玉を取り出して翠の手のひらにのせた。

たった五百円。でも、はじめて他人から得たお金はずしりと重く感じられた。

かつて蒼甫と会った日、赤の他人からお金を奪おうという考えが頭をよぎったことを思い出して、穴があったら入りたいくらいに恥ずかしくなった。バイトができない、お金がほしい、そんな気持ちに捕らわれて最悪のことをするところだった。あのとき、蒼甫にぶつかって強引にうどん屋に連れていかれなければ……と考えると両親の傷ついた顔が脳裏に浮かび、心から安堵する。

いま、蒼甫から受け取った千円をポケットの中でぎゅっと握りしめて、部屋にある貯金箱にはいくら貯まっているのだろうかと想像し頬が緩む。

「そういえば蒼甫、最近あたしのあげたチェーンしてなくない？」

公園を出てぶらぶらと歩き、ショップが並ぶ通りに入ったときにふと真琴が口にした。

青色のメッシュが入った髪の毛をポニーテールにしていて、短いスカートから細い足を投げ出すようにして歩く。吊り目だけれど大きな瞳に長いまつげ、派手さとかわいさが微妙なバランスを保っている。

突然話しかけられた蒼甫は「え⁉」と大きな声を出した。

「ああ、いや、持ってるよ。ほら！」

「持ってちゃ意味ないでしょ。つけなよ」

今日返してもらってよかった、とうっかり言い出すのではないかと思わせるほどあからさまにほっとした顔でポケットからチェーンを取り出した蒼甫に、翠は内心ひやひやする。バレたところで翠には関係ないけれど。

「つけるって。ちょっと外してただけじゃん」

「なんで外してたのさ」

「べつに。もういいだろ。ほらつけたつけた」

目の前でジャラジャラと音を鳴らしながら財布とズボンをチェーンでつなぐ。それを見た翠は、自分の修理が問題ないことに満足感を覚えた。実は思った以上にパーツが固く、直すのに手間取ったのは秘密だ。そんなことを言うと、蒼甫が気を遣ってさっきの千円にプラスしてお金を渡してきそうだったから。

蒼甫の家はおそらく裕福なのだろうと翠は思っている。夏休みの間、私服だった蒼甫はいつもおしゃれだった。数えきれないほど服を持っているのか、同じ服を見たことはほとんどない。今日着ているパーカーも履いているスニーカーも、翠の所有しているものとは比較にならないほど質のいいものだとひと目でわかる。

けれどなぜか嫌みを感じないし、妬ましくも思わない。それは多分、蒼甫が翠よりも年上だからだろう。

似合うだろ、と親指を立てる蒼甫に、真琴が訝《いぶか》しげな視線を向けた。

「なんか怪しいなあー……」

さすが真琴、勘がいい。

ある意味、蒼甫がわざとらしすぎるとも言える。「なんでだよ」とか「なんもねえよ」と挙動不審になりながらごまかす蒼甫に、やっぱりバレるのは時間の問題だろうなと思った。隠しごとが下手なのにすぐに隠そうとするのが蒼甫の悪いくせだ。

「ちょっと翠！　あんたなにか知ってるんじゃないの？」

「っなんでおれに話を振るんだよ」

突然じろりと真琴に睨まれて、内心たじろぐ。視界に映る真琴の先で蒼甫が絶対に言うんじゃないぞ、と目で訴えていたけれど、それならもっとうまく嘘をついてほしい。とばっちりは面倒このうえない。

「知らねえって——……っわ！」

真琴の追及から逃れようとしたところで、背後からどん、となにかがぶつかってきてバランスを崩しそうになる。足元でちりりんと鈍い鈴の音が聞こえた。

「……す、すみません」

ばっと顔を上げたのは、制服を着た女の子だ。鮮やかな赤いリボンが目に飛び込んできた。紺色の襟のセーラー服、肩につくくらいの黒髪に、派手さのないメイク。肌がすごく綺麗だ、と思った。あらわになっている二の腕は色白で、光っているみたいに見えた。

女の子は焦った表情で、背後を心配そうに振り返る。そして「ほんとにすみません！」と言って慌てて駆け出していった。ローファーで地面を蹴って、週末の人混みをするすると器用にすり抜けながら走っていく。

「っちょ、え!?」

まるでなにかから逃げるように、必死だった。

「なにあれ」

「さあ？　なんかあったのかな」

「後ろ気にしてたけど」

彼女がやってきた方向を翠も見やるけれど、彼女を追いかけてくるような人は見当たらなかった。ただごとではない感じだったけれど、もしかしてただ急いでいただけなのだろうか。

なんだか、風みたいな人だった。突然ぶつかってきてすぐに去っていく。木枯らしみたいな女の子。

それにしても綺麗で、かわいい人だった。真琴や紗友里とも、クラスの女子とも違う雰囲気を纏《まと》っていたように思う。まあ、こんな場所でぶつかっただけの相手だ。もう二度と顔を合わすことはないだろう。

そう思って足を踏み出すと、足元でまたちりりん、と音が鳴った。音の主を探して拾い上げると、キーホルダーかストラップの先についているであろうチャームと小さな鈴のセットだ。

たしかレジンというもので、クラスの女子が見せびらかしていたのを思い出す。星型に、夜空のような不思議な藍色がじわりと白に溶け出しているような色。

綺麗だ。

ぶつかったときにも、この鈴の音が聞こえた。ということは彼女のものだろうか。

たかが小さなチャーム。これが彼女のものだと決まったわけではない。べつにこんなもの大したものではない。

けれど、あまりにも綺麗だから、彼女にとっても大事なものかもしれないと、そう思った。

「翠？」

背後で蒼甫の声が聞こえたときには、すでに翠は彼女が向かった方向に走り出していた。

けれど、一瞬目を離しただけなのに彼女の姿はまったく見当たらなかった。二ブロック進んだところで翠は足を止めて、少しだけ乱れた呼吸を整える。このまま闇雲に探しても見つからないだろう、と諦めて踵を返すと、ふと右手の細い道に誰かがしゃがみこんでいるような足元が見えた。

もしかして、とそっと近づく。

いまは閉店しているらしい小さな店の前で、電信柱の陰に隠れて彼女はうずくまっていた。まるで、溢れる地上の星から隠れるように体を縮こまらせている。

「……これ、あんたの？」

翠は呼吸を整えてから、鈴の音を鳴らして俯《うつむ》いている彼女の視界に入るように差し出す。ちりんという音に反応した彼女は弾かれたように顔を上げた。

――やっぱり、綺麗な人だ。

月明かりの下でも、彼女の白い肌はよくわかる。まつげはさほど長くないけれど、目の下にうっすらと影を落としていてそれがすごくかわいかった。セーラー服一枚でカーディガンなども着ていないせいか、肌寒そうに自分の体を抱きしめている。

「えっ、あ、私の……!?」

ぽかんと口を開けて鈴を見つめたあと、彼女は自分のカバンを確認して慌てて立ち上がった。女の子に鈴を手渡すと、夜の空気に今日何回目かの音色が響く。

「あ、ありがとう」

「よかった」

女の子は恥ずかしそうに頬をピンクに染めた。

「こんなところで、なにしてんの？」

「え？　あ、その、走って疲れたから、休憩を」

なるほど、と返事をしながらも、女の子はどこか周りを気にしており挙動不審に思えた。翠ともあまり目を合わさない。ただの人見知りなのかもしれないけれど。

なんだか、大きな子どもみたいだ。

つい、ふっと口の端が持ち上がってしまった。

なんとなく、もう少し話してみたいと思った。クラスにいる女子にはない落ち着きと大人っぽさ、でも同じ高校生の真琴や紗友里と比べるとどこか幼い彼女が、翠には新鮮に映ったのだ。

「あの」

もしよかったら一緒に。

そう口にした瞬間、女の子は体をビクつかせる。なにごとかと振り返れば、翠の背後をスーツ姿の男の人が通り過ぎていった。

まるで、誰かに見つかるのを怖がっているみたいだ。翠とぶつかったとき、もしかすると本当に、誰かから逃げていたのかもしれない。

じっと見つめていると、女の子は目をさまよわせて、いますぐどこかに逃げようとするかのように足に力を入れたのがわかった。

「あの、本当にありがとう、じゃあ……」

目を泳がせながら彼女が翠の横をすり抜けようとする。その手を、翠はしっかりと摑んだ。

「な、なに」

「あんた、腹減ってるんじゃないか？」

「え？　いや、べつに……」

「美味しいうどん屋知ってるんだ、おれ」

にっと歯を見せて、翠は走り出した。名前も知らない女の子の手をしっかりと握りしめて。

「ちょ、ちょっと？　なに？　ねえ！」

戸惑い抵抗する彼女の言葉に返事をすることなく軽い足取りで彼女を連れていった。かつて、自身も助けられたあの店に。

「なに、ここ」

店のドアには閉店中、と札がかけられていたけれど明かりが灯《とも》っていた。女の子は不信感をあらわにして眉をひそめる。繋いでいる手に力が込められるのがわかった。女の子は警戒してじり、と足を踏ん張る。けれど翠の力にはかなわず、そのまま引き入れられた。

「なにナンパしてきてんだお前ー！」

蒼甫がふたりを見て叫ぶ。驚きよりもからかう口調だったから、蒼甫は翠が彼女を追いかけたとわかっていたのだろう。

座敷の一番奥に、さっきまで一緒にいたみんなが揃って座っている。金曜日ということもあり、店内はそこそこお客さんがいたけれど、みんな顔見知りだ。営業時間は終わっているけれど、常連さんのために店を開けている状況なのだろう。ほろ酔い顔のおじいさんに、お腹がぷっくりと膨れたおじさんとメガネをかけたガリガリのおじさんは、翠が奥に進むたびに「今日は彼女連れか」と声をかけてくる。

「おじさん、きつねふたつ追加で」

カウンターの中にいる、優一の父親——大将に注文を入れると「あいよ」と威勢のいい声が返ってきた。

蒼甫たちの輪に入り女の子を座らせると、真琴と紗友里がわっと話しかける。

「どうしたの？」「わたし真琴」「ねえ名前聞いていい？」「いくつ？」

べらべらと喋るふたりに、女の子はオロオロと「え」とか「あ」とか短い言葉を発する。ふたりの勢いがよすぎて、返事をしようにもできないらしい。その様子に翠はぶはっと噴き出してしまった。

「落ち着けよ、答えらんねえじゃん。なあ？」

「え？　あ、えっと……桃子《ももこ》、です」

話しかけると、女の子——桃子ははっとした顔をしてからぺこりと頭を下げる。強引に連れてきたけれど、少し落ち着いてくれたようだ。少なくとも、さっきまでのような追い詰められた表情をしていないことに、翠は内心胸を撫でおろす。

……蒼甫と出会ったときの自分も、もしかしたら桃子のような顔をしていたのかもしれない。

気がつけば桃子の手を摑んでいた自分の手のひらをじっと見つめて、苦笑をこぼした。そしてちらりと隣にいる桃子に視線を移す。

こわばった顔は多少緩みだしているものの、まだ自分たちに対して警戒心を抱いているのがわかる。ずっと軽く視線を床に落としながら、右手で前髪や鼻や頰、口元に触れている。話しかけられれば答えるものの、必要最低限。その顔が、笑顔で崩れたらいいのにな、と思った。きっと桃子の笑顔はかわいいだろう。

そんなことを考えていると、大将がどんっとテーブルに器を並べる。全員きつねうどんだ。この店で一番安いメニューだけれど、一番人気だ。

いつものようにゆらりと湯気が漂っていて、目の前に並べられるだけで胸の中があたたかくなるように感じられる。はじめてこの店で食べてから何度か家でも自分で作ってうどんを食べたけれど、こんな気持ちになることはない。

多分、周りに人がいるからだろう。

家が貧しくなってから、両親は朝早くから夜遅くまで仕事をするようになった。だから家にはほとんど翠ひとりきりだ。用意された朝ご飯をひとりで食べて学校に行き、お昼は冷えたお弁当をクラスの中でほとんど言葉を発することなく平らげて、帰宅して夜になると冷蔵庫に作り置かれている晩ご飯をあたためて食べる。面倒くさくてそのまま食べてしまうことすらある。

でも、この時間は違う。常に誰かがいて、常に誰かが話している。

「べつに、お腹空いてないんだけど……」

器に手を添えながら、桃子が呟く。それを無視するかのように蒼甫が割り箸を差し出した。

「せっかく来たんだし、残ったら誰か食うから食えるだけ食ってみろって」

「でも……っていうか無理やり連れてこられただけだし」

無理やり連れてきた張本人の翠は、肩をすくめた。

「いいからいいから」

蒼甫の笑顔には、どこか逆らえないものがある。翠もそんな蒼甫によってここに連れてこられ、うどんを食べた。あのときと同じように桃子も諦めたかのように箸を受け取りぱきんとふたつに割る。そしてうどんを食べはじめた。それを見てから、蒼甫は桃子に注目が集まらないように他愛ない話を始める。最近見たCMが印象的だった話、いま学校ではやっているというしょうもないゲーム、道端で見かけた猫のこと……。

桃子は一度も会話に交ざらなかった。けれど、いつの間にか器の中は空っぽになっていた。

「美味しいよな」

おれと一緒だ、と思いながら翠が話しかけると、桃子は顔を少しだけ赤らめてこくんと頷く。新しい表情に少しだけ胸が小さく跳ねた気がした。

「あ、そういえば、さっきのキーホルダー見せて」

「あ、うん。いいけど……」

鈴だけを渡されたので、「そっちも」とカバンについたままのリングも指さした。桃子は小首を傾《かし》げながら取り外して翠に渡す。

「これ、手作り？」

「あ、ううん。フリマで買ったの」

「へえ」

机に並べて、改めてキーホルダーを見る。屋内で見るとさっきよりも綺麗に輝いていて大事なものなんだろうなとなんとなく感じることができる。レジンのチャームにはいくつもの傷があり、それがずっと身につけていた証のようだ。

それらを突然ぎゅっと握った翠の手元を桃子がのぞき込む。

「なにするの？」

翠はにやりと笑って手に力を加えながら緩んでいた輪っかに外れたチャームと鈴のパーツを差し込み、きゅっと元に戻した。

このくらいのことなら翠にはなんでもないことだ。いつかの、真琴のばらばらになったブレスレットを元通りにするほうがはるかに難しかった。

あっという間に元の姿になったキーホルダーを「はい」と桃子に手渡すと、桃子は両手でそれを受け取ってから、迷子が両親の迎えにほっとしたみたいにふにゃりと顔を緩ませた。警戒心のない、目尻の下がった笑顔。

「すごいね……！　ありがとう」

「翠はこういうの得意なんだよー。これでバイトもしてるんだから」

真琴は、わたしのブレスレットも直してくれたんだよ、と手を掲げる。それを見て桃子はさっきよりも大きく「すごい！」と声を上げた。

手先の器用さを褒められるのはいつものことだ。

なのに、桃子が目を輝かせて「どうやってこんなことできるの」と控えめながらも興奮しているのがわかって、気恥ずかしくなる。

なんでもないよ、とそっぽを向くと「なに照れてんだ」と蒼甫にゲラゲラと笑われてしまった。でも、それを見て口元を隠しながらもくすっと笑みをこぼす桃子に悪い気はしない。恥ずかしいのに嬉しい。変な感じだ。

ひとりふたりと常連のおじさんたちが店を出て、翠たちだけになってもずるずると店内に居座った。大将も「片付けとけよ」と優一に告げて二階に上がる。いつものことだ。閉店後や定休日に出入りしていることも、まったく気にしていないらしい。

桃子はすぐに帰ってしまうのではないかと思ったけれど、みんなで話していたら気がつけば十一時前になっていた。そろそろ帰らなければ家に着くころには日付が変わってしまうと翠が立ち上がると、それに合わせて桃子も「私も」と腰を上げる。

蒼甫たちはまだ帰らないらしく、ひらひらと手を振って「またなあ」と見送ってくれた。

彼らが翠よりも先に帰ることは滅多にないので、いったい何時まで遊んでいるのかわからない。まだまだ帰らずに笑って過ごせることに羨ましさを感じるけれど、翠はこの時間が限界だ。

店から一歩外に出ると、真っ暗闇に包まれていてなんとなく寂しくなる。みんなと別れたあとはいつもこんな気持ちに襲われる。夜の時間はあっという間に終わって明るい朝がやってくる。

子どもなんだな、自分は。

家に帰らなければ。無茶をしない自分のことは嫌いではないけれど、もっと自由だったらいいのに、と考えてしまう。大人になるのは、何年後になるのだろう。

自転車を置いているところまで歩こうと足を踏み出したときに、隣にいる桃子の存在を思い出した。

「あ、桃子は電車？」

「あ、うん。翠、くんは？」

「おれは近いからチャリ。駅まで送ろうか？」

繁華街のほうに行けば人が多いし危険な場所ではないけれど、さすがにこの時間に女の子をひとりで帰らせるのはまずそうだ。といっても、いままで翠は女の子を送り届けるような行為をしたことはない。

慣れない言動であることがわかったのか、桃子には「大丈夫、すぐそこだし、私なんかじゃなんの危険もないよ」と苦笑されてしまった。

　私なんか、ではない。桃子みたいな女の子だったら何人も声をかけてきそうだ。なんてことは口にはできなかった。

「じゃあ……」

「あ、うん、じゃあ」

　ひらひらと手を振る。桃子の手は、少し疲れているように見えた。どうしてそう思ったのか、自分でもよくわからない。ただ、誰かの手と脳裏で重なる。

「あの……！　おれら、あの近くの公園にいつもいるんだ。平日も、土日も、夜なら誰かいると思う」

「そうなんだ」

「だから、いつでも、来て」

　桃子は少し黙ったまま翠を見つめていた。そして、微笑みながらこくんと頷いて駅に向かって歩きはじめた。その先にぽかんと浮かんでいる月が見えて、まるでそこに向かっているように思った。

　今日会ったばかりだから当たり前のことかもしれないけれど、どこかずっと壁を感じる女の子だった。

　また、来てくれたらいい。そして、もっと笑ってくれたらいい。なにかからたったひとりで逃げるようなことがなければいい。

できることがあるなら頼ってくれればいい。そして思う存分、我慢することなく怖がったり逃げたりすればいいんだ。見られたくないなら、それでもいいから。

夜なら、多分誰も気づかない。

「なんてな」

柄にもないようなことを考えている自分を茶化すように呟いてから、翠は桃子に背を向けた。

自分と同じように次の日に来るだろうか、と思って翠は翌日も公園に向かったけれど桃子の姿は見当たらなかった。

今日はいるかもしれない、今日こそは、と、いつもなら週に三回か四回のところを、毎日蒼甫たちに会いにいった。一週間夜に出ずっぱりということで母親は眉間のシワを日に日に深くしていくけれど、どうしても気になってしまい家でじっとしていられなかったのだ。

どうしてこんなに会いたいのか、わからない。

どこかで自分と桃子を重ねているからかもしれない。けれど、だからってこんな気持ちになるものだろうか。

けれど、一週間も経つとさすがに、もう来ないかもしれない、もう二度と、会えないかもしれない、と思えてくる。

「翠、最近毎日来るくせにテンション低いんじゃねえの？　土曜日だぞ今日は。明日も休みだし、もっと明るい顔しろよー。休みなのに制服なんか着てるからそんな顔になるんじゃねえの」

私服の蒼甫が翠の頭をぐりぐりと撫で回す。

「おれらに土日とか関係ねえじゃねえか」

「まあまあ、俺にはわかってるから大丈夫」

肩に手を回しうんうんと頷いてくる蒼甫に「なにが大丈夫なんだよ」と呆れながら言うと、蒼甫はにんまり口角を上げて目尻を下げた。

「恋だろ、恋。あの桃子ちゃんとやらに」

「ち、ちっげーよ！　あほか！」

叫ぶと同時に自分の顔が赤くなるのがわかった。いや、これは勘違いされているからだ。決して図星を指されたからではない、はず。

いまが夜でなければ、この紅潮した頬に蒼甫たちは大爆笑していたことだろう。

「え？　そうなの翠。やだー面食いじゃーん」

「だから違うって！　あんな……ちょっと会っただけで、そんなのおかしいだろ」

「一目惚れでしょ？　翠、大人っぽい顔が好きだったんだねえ。どうりでわたしになびかないはずだわ」

そういう問題じゃねえよ、と自信たっぷりの真琴に言いかけたけれど、慌てて言葉を飲み込んだ。いや、真琴もかわいい。化粧を落とした顔を見たことがないのでわからないけれど、多分。ただ、翠の好みではない。かといって桃子が好みのど真ん中なのか、と言われるとそういうわけでもない、と思う。

じゃあどうしてこんなに気にしてしまうのか。

一週間経ってもなお、桃子のあの戸惑った表情と別れ際にかすかに見せた笑みが瞼の裏にこびりついている。

だからって……恋をしただなんてことはないはずだ。一度会っただけで。

「でも、翠と桃子じゃあ難しそうかもなあ」

「だから違うって。……けど、なんで難しいんだよ」

蒼甫にそう言われてつい訊いてしまった。けれど彼は「まあ頑張れ」と翠の背中をバシンと強く叩く。

「いってーな。だーから、そういうんじゃねえって」

内心戸惑いながら必死に平静を装い否定を口にしていると、背後から誰かの気配を感じて振り返った。

そこには、月の灯を背負っているかのように立っている桃子の姿があった。

なぜか妙に歪《いびつ》な印象を抱いた。桃子が気になるのは、その違和感のせいなのではないかとふと思う。儚《はかな》げなわけではない。どちらかというと姿勢がよく、真っ直ぐに自分の足でしっかりと立っている姿には意志の強さがある。なのに、どこか不安そうなのだ。

桃子は前と同じセーラー服を着て、気まずそうな顔で翠たちを見つめていた。

「……こんばんは」

目が合った桃子は、おずおずと頭を下げて丁寧に挨拶をする。それに対してみんなは
「おーっす」とか「よ！」と気軽に返事をしながら桃子を手招きした。

隣にいた蒼甫は、ちらりと翠を見てにやりと笑う。それに翠は嫌な予感を抱く。余計なこと言うなよ、と目で訴えたけれど、はたして伝わったかどうか。

桃子は近づいてきて、よろしくお願いします、と再び頭を下げる。綺麗な四十五度のお辞儀に、思わず全員目をまんまるにしてから一斉に噴き出してしまった。

「そんなかしこまらなくてもいいって」

「なんかバイトの初日みたいな挨拶じゃん！」

「ただだべってるだけだし、肩の力抜いていいし、敬語もいらねえよー」

ぎゃははは、と大きな声で笑いながらツッコミを入れられた桃子が顔を赤くした。

意を決してここにやってきたように見えただけに、みんなに笑われたことでいますぐ逃げ出してしまうのではないかと、「ほら」と翠が慌てて隣を指す。座りなよ、と視線で告げると、桃子は赤くなった顔を隠すように俯きながら頷いた。そこが地面であることに一瞬躊躇したように見えたけれど、制服のスカートを手で押さえながらゆっくりと腰を下ろす。

そのとき、風のせいか、手が触れたのか、ちりんと鈴の音が夜の公園に響く。それだけで、いつもの場所が別世界に迷い込んだみたいに思えた。特別綺麗な音色でもないのに、翠の鼓膜がいままで感じたことがないほど優しく振動する。

「その音、よく響くよな」

「え？　ああ、これ。昔はもっと綺麗に鳴ってたんだけどね」

カバンについているキーホルダーに触れて、桃子が懐かしそうに目を細めた。

「大事なもの？」

「うん、友だちとお揃い」

友だちと一緒のものを持つという感覚は翠にはわからないけれど、それだけ大事な友人がいるということを少しだけ羨ましく思った。

蒼甫たちも友人だ。けれど、連絡先も知らないし、名字も知らない。いまここで呼び合っている名前が偽名だとしても、翠にはわからない。その程度の関係だからこそ心地いいのだけれど、だからこそ、彼らを友だちだとは自信を持って言えない。

――昔だったら、友だちは誰かと訊かれれば何人もの名前と顔が浮かんだのに。

人を遠ざけて、ひとりになれるように振る舞ってきたのは自分だとわかっているけれど、その事実に胸がじくりと痛む。

「思い出の……大事なものだから、直してくれて本当にありがとう」

ぼんやりしていると、しみじみと桃子が呟く。

「器用なんだね。あんなすぐにちゃちゃっと直せるなんて」

「え？　あ、まあ……でも道具があれば誰にでもできるよ、そのくらい」

「そんなことないよ。私不器用だから。その能力、もっと自慢して、大事にしてもいいと思う」

桃子があまりにも真っ直ぐ目を見ながら言うものだから、翠は思わず自分の手先に視線を落とした。

自慢なんて言葉、翠の最近の生活には無縁だと思っていた。小学生のころはそれこそ毎日自慢していたような気がするけれど、いまは人の自慢を訊く側にいる。それが嫌で耳をふさいで過ごしている。

「羨ましいなあ」

人から羨ましがられることなんて、ここ数年なかったことだ。

大事に、か。

多少のお金を稼げるくらいには器用でよかったと思うこともある。けれどそれがなんの役にも立たないもので、意味のないものだとそう思っていた。

手先が器用なことは自覚しているし、翠自身も細かい作業が好きだ。でも、それだけだ。

ここが学校であったなら、嘘つくなよ、と噛みつくところだけれど、この場所だからか、相手が桃子だからなのかそういう気持ちにはならない。それどころか、言葉を素直に受け止められた。

大事にしても、いいのだろうか。この先もずっと。

「ありがとう」

ぽろりとこぼれた言葉に、桃子はきょとんとした顔をしてから「なんで翠くんがお礼言うの」とクスクス笑った。

緊張していた頬が緩んで、翠に笑顔を見せている。この前のように周りを気にする素振りもなく、自然体に近づいていている姿に、翠の胸にあたたかな光が灯った。

「おーいそこのふたり、俺らを無視して盛り上がるなよー」

蒼甫がびしいっと指さす。そして「ほら、基哉《もとや》がいまから踊るから見てやれよ」と拍手をした。髪の毛が腰まである基哉は、制服を着ていなかったらまるで不審者のような大柄な男だ。

蒼甫たちとは最近スケボーをきっかけに出会ったらしい。翠は名前を聞いてはいたが、実際会うのははじめてだった。蒼甫のようによく喋るタイプではないが、体を使ってみんなを盛り上げる。注目を集めた基哉はわざとらしいお辞儀をしてから、最近はやりのダンスを自ら歌いながら披露してくれた。

「ぶっは！　お前その歌知らねえんじゃねえの」

「歌詞全然違うしー！」

こういうとき手を叩きながらみんなで野次を飛ばすのがお決まりだ。

元ネタと全然違うダンスを踊りながらもキレのある動きが、笑いを誘う。音痴なのも余計に面白い。それを見ていた大輝が「交ぜろー」と割り込んできてめちゃくちゃに踊りだした。

はじめは呆気にとられていた桃子も、みんなにつられるように笑いだして最終的には涙を流していた。

みんなにかかれば人の殻なんて関係なくなる。翠がここに来たときは大輝が自分で作った漫談を披露してくれたことを思い出し、「ある意味これは歓迎会だな」と翠は小さく呟いた。

◇

それから、桃子が公園にやってきたのは一週間後の土曜日。その次も土曜日だったことから、桃子は平日にはここに来られないのだろうと翠は思った。

それに気づいてからは翠も週に三回か四回のペースに戻す。もちろん土曜日は絶対参加だ。

「翠はお金稼いで、なにかほしいものがあるの？」

大輝が制服の上に毎日着ているパーカーのファスナーが壊れたというので、翠はそれをすばやく直し五百円を受け取った。その姿を見ていた桃子が、不思議そうに訊いた。

桃子と過ごすのは数回目だけれど、ずいぶんと自然体で接してくれるようになった。呼び方も翠くんから翠と呼び捨てに変わり、初めて会ったときのような緊張は影も形もない。親しくなってからの桃子は、よく笑い、よく喋った。最初は少し大人っぽい印象だったけれど、やっぱりただの高校生なのだろう。知るにつれて幼い雰囲気に変わってきたように思う。

真琴たちとおしゃれについて話し込むことも多い。化粧や服装にはあまり詳しくないようで、桃子はいつも感心したように声を漏らしている。

「とくにこれと言ってないけど、プラモかな」

ほしいものがありすぎて絞れない、と言ったほうが正しいかもしれない。

こうして蒼甫たちやクラスメイトを相手に小銭を稼いでいるけれど、夏から始めてまだ数千円だ。家の引き出しに使わずに入れてあるけれど、これではゲーム機なんか買えないし、漫画も数冊しか買えないし、買っても続きがどんどん出て追いかけられそうにない。だとするとやっぱりプラモデルが現実的だろう。それでも、いろいろな道具が必要になるのでまだ難しい。昔使っていたものだけでは足りない。

「プラモデル作るんだ。器用だもんね。どんなの作ってるの？」

「戦隊ロボットとか……戦闘機とか潜水艦とかかな。あとは自分で勝手にジオラマを作るときもあるけど。最近はそっちのほうが多いかな」

「ジオラマってなに？」

「えーっと、なんて言えばいいんだろ。情景模型っていうのか。草木とかも自分で作るんだよ」

　本当は普通に売っているプラモデルが好きだったのだけれど、お金がないので家にあるもので作り出したのがきっかけだった。実際にある建物のミニチュア模型を作り、それに飽きて好き勝手に思い描きながら作り、最終的にそれだけではつまらないと、周りの自然なども作るようになった。とりあえずなにかを作りたくてやりだしたことだったけれど、思いのほかハマッてしまい、家にいくつか並べていたりもする。細部まで好きに凝ることができるところが翠は気に入っていた。

　つまるところ、なにかを自分の手で作る、というのが翠は好きなのだ。自分でなんでも生み出せる、そんな無敵の力を持ったような気分になる。

「翠は結構インドアだよなあ」

「ちまちました作業が好きなんだよ。繊細だからな、おれは」

「細かい男は嫌われるぞー」

　さっきまで大輝や真琴と話をしていた蒼甫が会話に交ざってきた。言いたいことだけ言ってすぐにまた別の話で盛り上がる。

「ねえ、写真とかないの？」

　翠の説明からジオラマをイメージできなかった桃子が身を乗り出した。興味を持ってくれたのは嬉しいけれど、翠は苦笑するしかない。

「ねえよ」

「じゃあ今度、携帯で写真撮ってきて見せてよ」

「おれ携帯持ってないんだよ」

家が裕福でないことは桃子にもすでに伝えていたけれど、さすがに携帯を持っていないとは思っていなかったらしい。驚いた顔をしてから「そっか」と曖昧に笑ってみせた。

「桃子は写真、結構撮ってんの？　いまの携帯ってすげーんだろ」

気を遣わせてしまったように思えて、翠は努めて明るく言った。

「そうだねえ……私もあんまり撮るほうじゃないけど、こういうのなら」

ポケットから携帯を取り出して、桃子はアルバムを開いて見せてくれた。

前に蒼甫たちに見せてもらったとき、真琴はネイルの画像やおしゃれなお店の写真、大輝はよくわからないもの、蒼甫は自分のスケボーの写真やその姿などが多かった。

けれど、桃子は空が多かった。家の中から見たものや電車、そして街中から見える空。

「空っていつも同じような青空だと思ってたけど、こうして見ると違うんだなあ」

「そう、そうなの！」

桃子が目を輝かせて、これも綺麗でしょ、これがお気に入りなの、この夕日の色すごくない？　と興奮気味に一枚一枚説明とともに見せてくれる。途中から、翠の意識は写真ではなく活き活きと喋る桃子に集中してしまった。

「……聞いてる？」

「え？　ああ、うん。あ、これは？」

慌てて画面に意識を戻すと、黒と白の猫が写真に写り込んでいた。目つきが悪いが妙に愛嬌があるのは、肥満気味だからだろうか。

「これは、家で飼っている猫でボタンっていうの。かわいいでしょ」

へへ、と目尻を下げた桃子を見て、相当かわいがっていることがわかった。

「いいな、写真って。好きなものをいつでも見れるんだな」

手元にあるこの小さな機械ひとつで、桃子の表情が柔らかくなり、饒舌になる。そんな姿を見ていると羨ましいと思った。

自分だったらなにを撮るだろう。いつでも見ることができる自分の好きなもの。

この、いま見える夜空を撮ってもいいかもしれない。

天を仰いで、真っ黒な空を見つめた。きっと星なんてひとつも映らないだろう。でも、月なら映るかもしれない。その風景を見れば、自分はいつでもこの場所を思い出せる。

真実を黒く塗りつぶしたような、夜の公園を。

◇

くあ、と大きなあくびが出た。

教室の少し開けられた窓から生ぬるい風が入ってきて、カーテンと翠の髪の毛を撫でるように揺らす。いまはまだ三時間目が終わったばかりで、学校が終わるまであとまだ三回授業を受けなければならない。

さっさと帰りたい。

頬杖をついて教室でひとり過ごしている翠に、秀明が背後から近づいてきた。

「寝不足？」

「今日の宿題？」

「ひでー、オレだって毎日忘れてるわけじゃねえよ」

「じゃあなに」

涙で目をうるませながら、そっけない対応の翠に秀明が苦笑する。困った奴だな、と言いたげな顔だ。

秀明は普段はクラスメイトとぎゃあぎゃあと騒ぐお調子者で、ガキっぽいことばかり言っているくせに、たまにこういうなんでもわかっているかのような表情をするところが翠は苦手だ。

いや、実際翠の思考を秀明はわかっているのだろう。だからこそ、翠は秀明にはみんなに接するのと同じように、いやそれ以上にそっけない態度をとっている。

秀明だってそれを感じているはずなのに、翠に頻繁に話しかけてくるのが不思議でならない。いつもにこにこして、場の空気を読むのに長けているから、秀明には男女問わずたくさんの友人がいるくせに。いつまでもクラスで孤立している翠に構う必要はないはずだ。

「用事がなかったら話しちゃいけねーの？」

「……用事がないなら話すことないだろ」

「昔は一日中一緒にいて話しまくってたじゃん」

いつの話だよ、と心の中で突っ込んだ。

一番親しかったのは小学校二年か三年のころだろうか。たしかに当時は朝から夕方まで秀明と過ごしていた。学校に行くのも、休み時間を過ごすのももちろん、放課後まで。お互いの家で遊んだことも数えきれない。ただ、翠の家が困窮していくのに比例して、秀明と過ごす時間は減っていった。

秀明の家は至って普通の家庭だった。会社員の父親に、昼間はパートに行く母親、そして三歳年下の弟の四人家族でマンションに住んでいる。いまもきっと変わらないだろう。

そう、秀明はなにも変わっていない。

ただ、自分が反転しただけのこと。

「用がないなら、寝るの邪魔すんなよ」

「翠、夜更かしでもしてんのかよ。目の下にくっきり隈ができてるぞ」

「……べつに」

さっと顔を隠すようにそっぽを向いて呟いた。

秀明の言うように、最近の翠は寝不足気味で慢性的に睡魔に襲われている。桃子に会うために一週間、毎晩出かけて二時か三時に就寝し、七時半には起床という生活をしていた。公園に行くのは以前の週三ペースに戻したものの、予習復習をしているとあっという間に時間が経つし、あれもこれもと、翠にはしたいことがある。生活リズムも狂ってしまったのか、早めに寝ようと思っても結局十二時は超えてしまう。蓄積された睡眠不足はなかなか解消されない。

「なあ」

目を合わせない翠に、秀明は諦めることなく話しかけてくる。

「久々に家に遊びにこねえか？　翠が読んでた漫画の続きも揃ってるし、ゲームでも」

妙に優しく絡んでくる姿にいらだちを感じた。

秀明は寝不足の事情をいったいなんだと思っているのだろう。心配されるような理由なんてなにもないし、秀明にはまったく関係のないことだ。

「いいよ。漫画のストーリーなんかもう忘れたし」

いまでも家に途中まで並んでいるのをたまに読み直すけれど、そんなことを秀明に知られたくない。もういいからそっとしておいてほしい。放っておいてくれ。

「そんなこと言うなって。あ、オレいまプラモ途中で止まってるのがあるんだけど手伝ってくれたりしたら」

途中で飽きたプラモをあげるとでも言っているのだろうか。もう買えない漫画の続きを読ませてやるとか、ゲームを久々にさせてやろうとか。

いつの間にか、机の上で手のひらに爪が食い込むほど固くこぶしを作っていた。

いらだつ原因は、秀明がそんな本音を隠していると思っているからではない。秀明の性格を考えれば深い意味なんかないだろう。それがわかっているのに、同情されていると思ってしまう自分。捻《ひね》くれた思考回路に囚われている自分。

「──お金くれるならやってやってもいいよ」

ちろりと振り返り、自分でも驚くほどの冷たい声で言った。

普段はへらへらしている秀明も、さすがに言葉を失う。そしてゆっくりとゆっくりと、表情を歪ませていく。まるで傷ついたみたいに。

「なんで……そんなこと言うんだよ」

「それが嫌なら話しかけるなよ」

秀明から目を逸らし、諦めたように立ち上がる。「ああもううるせえな」と気だるい足取りで横を通り過ぎて教室を出る。もう二度と、話しかけてくるな、と願いながら。でも、そうなると週に数回の三百円が手に入らない。そのことに気がついてもったいないことをしたと思った。

「まあ仕方ないか」

乾いた笑いとともに吐き出した言葉は自分のものではないような気がした。

もうあと数分で四時間目が始まるというのに、秀明に悪態をつき教室を出てきてしまった手前、すぐに戻るのもかっこ悪くてアテもなく廊下をさまよった。

なにをしているんだ、自分は。

なにもかもが惨めだ。

自分のところ以外にも貧しい家庭はたくさんあるだろう。生きていけないほど困窮しているわけでもない。たいしたことじゃない。それはわかっている。

それでも、以前は違った、という思いが拭えない。

他人より、過去の自分といまの自分を比較しているのは、翠だ。だから、それを知っている秀明をはじめとするクラスメイトに対して素直に接することができない。蒼甫たちのようになにも知られていなければ自分はもっと学校で自然に過ごすことができただろう。

冷静に考えると、いまこうしている自分がなによりかっこ悪い気がしてきて、廊下の壁に手をつく。そのまま壁にもたれかかり窓の外を見やる。真っ青な空が果てしなく続いていて、少しだけ鬱屈した気持ちが洗い流されたような気がした。

目を瞑ると、秀明の家に泊まりにいったとき、一緒にプラモデルを作って過ごした時間が蘇《よみがえ》る。あのときに作ったものは、いま考えると簡単なもので拙《つたな》い仕上がりだった。加工なんてなにひとつせずに、与えられたパーツをそのまま組み立てただけ。いまは押し入れの段ボールの中で眠っている。おそらく秀明の部屋にももうないだろう。

今日の自分が失ったものは、多分一回三百円の小遣い稼ぎだけじゃない。

が、これでもう勉強に必死になる必要はない。やる気も一気になくなった。今日から睡眠不足はすぐに解消しそうだけれど、暇になる。空いた時間をどうつぶせばいいだろう。

どこかから、鈴の音が聞こえた気がした。と、同時に桃子の声も。

――『もっと自慢して、大事にしてもいいと思う』

大事にする方法なんてわからない。大事にしたって結局は無駄でしかない。そう思っていたけれど、なんとなくそれでもいいのかもしれない。

「せっかくだし、なんか作るか」

左手をポケットから出して、握ったり開いたりを繰り返した。どこかから木材を拾ってきて彫刻するのも楽しそうだ。持ち運べるサイズにすれば桃子に見せることもできる。次に会うのは週末。それまでになにか作れたらいい。

そうしたら、桃子はまた「すごい」と笑ってくれるだろうか。

桃子の笑顔を思い浮かべたらさっきまで抱いていた劣等感がすうっと溶けてなくなり、自然と頬が緩んだ。

◇

待ちに待った土曜日の夜、自転車を走らせて、ブレーキ音を響かせながらいつも路上駐輪している道路脇で止まる。

「あれ？　翠？」

背後から桃子の声が聞こえて振り返ると、ちょうど外灯の下を歩いている姿が目に入った。駅は反対方向なのに珍しいな、と思いながら「よ」と手を上げて応える。

「ここに自転車置いてたんだ」

「すげえブレーキ音うるさいからびっくりしただろ」

近づいてきた桃子に、見るからにオンボロの自転車を見せる。学校の駐輪場でも、これほど古いものは見当たらない。

「全然だよ。私の家の近くにゴミみたいにボロボロの自転車に乗ってるおじいさんがいるもの。タイヤのカバーも割れてて、前輪はパンクしたまま走ってた。自転車って長持ちするよね」

そういう問題ではないと思う。けれど、桃子には翠を気遣って言っている様子がない。

「見るたびに人類の発明ってすごいんだなって思うんだよね」

「はは、なにそれ。そんなに？」

「そのおじいさん、結構体が大きいんだけど、自転車が多分子ども用で小さいんだよ。すっごいアンバランスで本当に見たらびっくりするんだよ。近所でも名物おじいさんなの。今度隠し撮りしてきてあげたいくらい」

隣を歩きながら身振り手振りでそのおじいさんの体型と自転車を表現する桃子を見ていると、盛大に噴き出してしまった。そんなに興奮するほどのものならばぜひ見てみたい。

「あ、そうだ」

隠し撮り、の単語になにかを思い出したのか、ハッとして立ち止まった桃子がカバンの中を探った。取り出したのは一台のカメラ。それを「はい」と渡されて、反射的に翠はそれを受け取った。見た目よりもずっと重量がある。

いったいどうしてこんなものを差し出されたのかわからなくて、翠はカメラをまじまじと見つめる。やっぱりカメラだ。しかもただのカメラじゃない、これは一眼レフというものだろう。翠でもよく知っているメーカーのロゴを見つめ、「え？」と間抜けな声が出る。

「あげる」

「え!?」

さっきよりも大きな声が出てしまった。

カメラの値段なんてわからない。でも、一眼レフが高いことは知っている。それをこんなふうにぽんっと気軽に渡されても受け取れない。まるで施しを与えられているみたいにも思えて、いい気分ではない。

これをまるで余り物の缶ジュースのように人にあげることができるなんて、桃子の家は自分とは違って裕福なのかもしれない。なんでも手に入る幸福な生活を送っているのかも。そして、貧しい翠に同情しているのかも。

まさか桃子にこんなことをされるとは思っていなかった。こんなこと、してほしくなかった。

「こんなのもらえねえよ。高いんだろこれ」

奥歯を噛んでカメラを桃子の胸に押しつけるように返す。

「でも」

「いいから、いらねえって」

頑なな口調の翠に、桃子がなにかを察して眉を下げつつも笑みを見せる。そして押し返されたカメラを懐かしそうにそっと撫でた。

「……これ、父が使ってたものなの」

「じゃあなおさら」

「でも、いまは病気で寝たきりで、もう使える状態じゃなくてずっとしまっていたの。私にはカメラの操作は難しいし、五つ年下の妹も興味がないみたい」

桃子が家族のことを口にするのは初めてだった。この夜の時間にそんな会話をすることはない。蒼甫たちの家族構成も翠はよく知らないし、翠も自分の家族の話をしたことはないのだから。

でも、一瞬でも裕福で幸せな家庭だと思ったことに後ろめたい気持ちになり、言葉を失った。

「だから、翠が使わなかったらただのゴミなの」

「……だからって……」

「まあ、さすがに一眼レフを急に渡されても引くよねえ。でもほかになくて。古い携帯も買い取りしてもらっちゃってるし、普通のデジカメも壊れてて。型も古いしでかいし、嫌がらせみたいな感じになっちゃった」

長く使われていないらしい一眼レフは、たしかに隙間にホコリらしきものが付着している。使用感はあるけれど、大事に使っていたのだろう。大きな傷もなく綺麗なものだ。

理由も訊かずに突き返したことを後悔する。けれど、話を聞いたらそれはそれで安易に受け取れるものではないとも思った。桃子の父親が長い間使っていたものだ。これでたくさんの家族の写真を残したに違いない。そんな大事なものを受け取れない。

「誰かが使ってくれたほうがいいかなって思ったんだけど……」

桃子の表情からは悲しみを感じなかった。翠から押し返されたカメラを大事そうに抱きかかえながら、受け取ってもらえなかったことを残念に思っているように見える。

「お父さんは……許してくれてるのか、その、おれが使うこと」

「大丈夫」

翠の言葉に、桃子は嬉しそうに顔を上げた。そして、「はい」ともう一度カメラを翠に差し出した。戸惑いながらも翠はそれを受け取る。さっきよりも重みを感じるそれを、両手でしっかりと支え持つ。

「おれ、こんなカメラ使ったことないよ。しかも一眼レフって撮るの難しいんじゃ」

「翠ならすぐに使いこなせると思う」

「これ、高価なんじゃないの?」

「よく知らないけど、父もそんなにカメラに詳しいわけじゃなかったから、そこまで高級品ではないと思うよ」

レンズのカバーを開けて、ボタンを押すと画面に光が灯る。デジタルカメラはここに撮った写真が映し出されることは翠だって知っている。まじまじと見つめていると、シャッターはこれらしいよ、と桃子が顔を近づけて言った。桃子の息が頬に当たり、思わず一眼レフを落としそうになる。

鼻孔をくすぐる甘い香りに、クラスの女子とは違うものを感じた。妙に鼓動が高鳴って、翠は顔を上げることができない。一眼レフの操作方法なんかどうでもいいから、とりあえず少し離れてほしい。

「で、でもやっぱりただでもらうのは気が引けるから、その、なんかお礼に……」

さりげなく体を一歩引いて口にするも、たいしたお礼なんてできないことに気がつき口をつぐんだ。一眼レフに見合うようなお返しなんて、翠には無理だ。全財産集めてもカメラにはほど遠い。

肩を落とした翠に、

「じゃあ、これで写真撮って私に見せて」

と言った。

「先週話してた、翠のジオラマ。見てみたい」

「そんなものでいいのか？」

「そんなものなんかじゃないよ。私はすごく見たいんだもの」

「……まあ、そのくらいなら」

頼まれなくとも、家に帰ったら速攻撮って桃子に会ったときに見せていただろう。そう考えるとお礼でもなんでもない。それだけでは翠の気が済まない。なにか桃子にしてやれることはないだろうか。桃子が喜びそうなことってなんだろう。そう考えて浮かんだのは、桃子の携帯におさめられていた、空と猫の写真だった。

「じゃあ、せめて……おれのお気に入りの場所に特別に連れてってやるよ」

「へ？」

「って言っても、たいしたことのない場所だけど」

桃子はすぐに「行ってみたい」と目を輝かせた。

そこで今日は蒼甫たちに会わずに来た道を引き返し、翠はさっき止めた自転車を引いて歩く。

公園と家の真ん中くらいの位置にある目的地まで、歩くと一時間ほどかかる。交通違反になるが、ふたり乗りで行けたらおそらく二十分くらいで着くだろう。けれど、なんせ翠の自転車は古い。途中で壊れたりしたらかっこ悪すぎるので徒歩で向かうしかない。歩くたびにぎいぎいと鳴る自転車に羞恥を覚えながら。

華やかな場所から離れて、桃子と一緒に大通りに沿って歩いた。いくつもの高層マンションが立ち並んでいて、心なしかすれちがう人たちみんな身なりが綺麗な気がする。まだ九時前なので人通りはそこそこ多い。

「そのお気に入りの場所って、どんなところ？」

「まあ、なにもないかな……。っていっても最近は全然行ってないんだけど、蒼甫たちと会うまではいつも家を抜け出してそこでひとりで過ごしてた」

「へえー。でも、たしかにみんなでいるほうが楽しいよね、ひとりよりも。翠があの日、キーホルダーを持って追いかけてきてくれなかったら、私もひとりで夜を過ごしていただろうな」

隣を歩く桃子は、足元にあった小石をこつんと蹴り飛ばす。

「みんなとあそこにいると、なんだか若返る気がする」

「なに年寄りくさいこと言ってんだよ。っていうかみんな同年代だし」

そうなんだけどね、と桃子は力なく笑った。やってきた車が桃子の姿をライトで照らす。風が桃子の髪の毛と制服をゆらりとなびかせた。艶やかな桃子の黒髪が、光でキラキラと輝いて見える。長めの前髪の奥にある桃子の瞳は、遠くを見つめていた。

「ずっと、子どものままでいたいなあ」

桃子の声は車の音でかき消されてしまいそうなほど小さかったのに、翠の耳にしっかりと届いた。もしかして独り言だったのだろうか、と思いながら翠は桃子と同じくらいの小さな声で答える。

「……おれは、早く大人になりたいな。大人になって、自分でなんとかできるようになりたい」

親に守られるだけではなく、自分の力で、誰にも迷惑をかけずに生きていけるくらいの大人になりたいと思う。

現実がわからないほど子どもではない。でも、わかったところでやっぱり現状、翠は無力な子どもだ。非現実的な夢を見るくらいの、それが無理だとわかってても諦めきれずにいらだちだけを募らせるいまの自分。

「翠は、大人だなあ」

「おれの話聞いてる？　大人になりたいんだって」

「あはは。聞いてるよ。そういう考え方が、大人だなあって思ったんだよ」

「桃子は、なんで子どもでいたいの？」

翠の素朴な質問に、桃子は「んー」と小首を傾げる。

「そうだなあ……大人だからこそ、なんともならないこともあるじゃない。だったら、気楽に自由に楽しめる子どもでいたほうがいいなって思って」

おれと真逆だな、と言うと、桃子は「たしかに」と目を細めた。

桃子の言っている意味はわかるけれど、翠からすれば、それは普通に生活できているからこそのセリフだ。でも、それもそれでいろいろと思うことがあるんだろうな、と桃子の少し疲れたような表情を見て感じた。

「翠は強いから、そう思うんだろうね」

「弱いから強くなりたいんだと思うけどなあ」

「それを自分で言えるのは、強い証拠だよ。私なんか意地張ってばかりだもの。翠や蒼甫くんや真琴を見てると……みんな、なんにでもなれそうだなって思う」

それは、自分はなににもなれない、という意味だろうか。

「おれは、自分でお金が稼げたらなんでもいいけど」

「だからお金貯めてるの？」

「……そう、かもしれない。ほしいものがあるっていうのも本当だけど……」

なにかしないではいられないのだ。少しでも、自分にもできることがあるんだと思わないと自分のことが許せない。

「じゃあ、そのお金は大切に使わないとだね」

なにが大切かよくわからないながら、翠はこくりと頷いた。

「翠は将来、なにになりたい？　高二だったら、もうぼんやりとでも進路決めてたりするんじゃないの？」

「……おれは、なににもなれないよ」

桃子が思うように、と言いかけてやめた。

「貧乏だから、多分進学はできない。オヤジの会社かどこか別の、給料のよさそうなとこで働くことになると思う。っていうか、そうしたい」

「そっか」

困ったように眉を下げながらも、「進学はしたほうがいいよ」などと気休めの言葉を言わない桃子に少しホッとする。なんの問題もなければ、翠だって躊躇なく就職ではなく進学を希望していた。それが無理なことくらい、大人だったらわかるはずなのに綺麗ごとを言われるのは癇《かん》に障る。

「翠は、現実を受け入れてるんだね。やっぱり、大人だなあ」

独り言のように呟かれた言葉は、翠がなにか言うのを受け付けないような、そんな気がした。

おそらくそれは正しかったのだろう。そのあとの桃子はさっきまでの会話を忘れたかのように笑顔で他愛ない話をした。蒼甫は毎日あの公園にいるけれどいつ寝ているのかということ、大輝の新しい漫才ネタのこと、真琴の派手なネイルのこと。そして桃子が今日見た空の色のこととか、小太りで目つきの悪い桃子の家の猫の話。中身があるようでない上辺だけの会話だけれど、それでいい。

桃子の言うように、この時間には子どもであるからこその自由があると思った。

目的地に着いたのは九時を少し過ぎたころだった。

繁華街とは正反対の静かで暗い場所。車がギリギリ通れるくらいの細い道のそばにある草むらに自転車を倒して、草をかき分けて中に入っていく。外灯の光が届かないので、桃子の手を引いて怪我をさせないようにゆっくりと足元を確認しながら進んだ。

「ここ」

ぱっとひらけた視界の先には――なにもない。

ちょっとした丘の上で見晴らしはいい。だからといって夜景が綺麗なわけでもなければ、星が普段よりも瞬いて見えるわけでもない。マンションや一軒家の電気がついていることがわかるだけ。

「静かな、場所だね」

隣に並んで、桃子は町を見下ろしながら言った。綺麗だ、とは言わなかった。それを聞いて「うん」と返事をしながら、桃子は素直だな、と翠は口元に弧を描く。

「ここから……家の明かりを見るのが好きなんだ」

「なんで？」

「誰かがそこで生きてるんだなって思う」

それがどうしてこんなに心を落ち着かせるのかは、翠は自分でもわからない。

初めてここに来たのは、小学六年生のころだっただろうか。まだ現実を受け止められず貧しいことで両親を責めたあとだった。どうして前みたいに暮らせないの、どうしてほしいものが買えないの、お父さんとお母さんのせいだ。そう言った。

そのときの両親の顔はいまでも瞼の裏に焼きついている。申し訳なさそうに、泣き出しそうに、顔を歪ませていた。翠は気がつけば家を飛び出していて、誘われるようにこの場所にやってきたのだ。

そして、ひとりで泣いた。

にじむ視界の先にライトのように光る家の明かり。自分が子どもであることを憎らしく思った。

本当は知っていた。両親が夜遅くまで働いているのも、母親が家で内職をしているのも、父親がいろいろな会社に頭を下げて回っていることも、それが全部翠のためだということも。寝不足でフラフラなのに、翠に決して愚痴をこぼすことなく、「大丈夫」「なんとかなる」と笑顔を作る。すべて翠のためだ。

それから目を逸らしたいと思ってしまうのは、自分が弱いせいだ。

「光の数だけ人がいるから、自分だけが特別なんかじゃないって思うんだよな」

自分ひとりが苦しんだところで、世界にはなんの影響もない。だからこそ、自分は自分の道を突き進もうと思える。他人からどう見えようと、翠にとってそれは逃げでも諦めでもなかった。

「就職したとしてもさ」

隣で静かに翠と同じ景色を見つめていた桃子が、ぽつんと言った。

それを拾い上げて「ん？」と返事をすると、桃子は翠に顔を向けて、もう一度「就職しても」と今度ははっきりと口にする。

「好きなことは続けてね」

「……いや、無理じゃないかな、それは」

いまやっていることは学生時代だけの趣味だと翠は割り切っている。多少時間があれば細々となにかを作るかもしれないが、未来のことはまったく想像ができない。

「無理じゃないよ。それを夢にして叶えなくてもいいから、好きって気持ちは大事にしてあげてね」

まるで大人のようなセリフだな、と思った。

子どもでいたいと思うのは、桃子の内面が大人だからなのかもしれない。とすると、翠はその逆で中身が子どもなのだろうか。悔しいけれどそうだろうな、と翠は心の中でひとりごちる。

「でも、好きでいるほうが、辛《つら》そうじゃねえ?」

「なんでそんなふうに思うの?」

思わず本音をこぼすと、桃子は目を見開いて驚いた顔を見せた。

「だって、好きでいても、どうにもならないだろ。それなら、忘れたほうが楽そう」

「……翠には、そういう大事なものがあるんだね」

桃子に言われて、翠は小さな小さな声で「そうかも」と答えた。

「本当は、建築デザイナーっていうのになりたいんだよな」

初めて口にすると、一気にリアルな感情になった。誰にも言ったことがない。両親だって知らないし、「いいな」と思っただけで「なりたい」とは思っていないはずだった。でも、そうか。自分はそういうものになりたかったのか。

「小さいころ、どっかの駅が生まれ変わるってテレビの特集があって、そのとき建築士がこんな感じになりますってジオラマを見せたんだ。小さな夢の世界みたいに見えた。そのおもちゃみたいなものが、実物大でできあがっていくんだ。思い描いたものが形になるってすげえなあって思った」

実際にない、空想の建物を作り上げるのはどんな気持ちだろうと思った。いままで見たこともないほど近未来的な建物に魅了された。なにが描いてあるのかさっぱりわからなかったけれど設計図はただただかっこよかった。単純な理由だ。けれどなぜか翠はその感動を忘れられないでいる。

それから図書室でいろんな建物の写真を見るようになった。いつか自分も本に載るようなすごいものを作りたい。幸い自分は手先が器用で細かい作業も得意だ。そう思った。

「建築士でもいいんだけど、そのへんはまだよくわかんねー。でも、おれは大学進学も専門学校も無理なんだよな」

家がいまみたいに貧しくなければ叶ったかもしれない。いまや未来にもなんの希望も抱けなかった。

「まあ、仕方ないよな」

昔はこうは考えられなかったけれど、いまの翠はそのことを悲観していない。ノートに気に入った建物を模写するだけでも十分楽しいし、見よう見まねでジオラマを作るだけでそれなりの欲は満たされる。

それよりももっと、どうにかしたいことがあるからだ。

お金がほしい。自分でお金を稼ぎたい。早く大人になりたい。夢を叶えられなくてもいい。少しでも両親の負担を軽減することができる大人に。

翠がいらいらしてしまう理由は、貧乏なことではない。ほしいものが買えないことでもなければクラスメイトが羨ましいからということでもない。

なにもできないお荷物のような存在だと、自分で感じていることだ。

翠はおもむろに桃子からもらった一眼レフを取り出して景色を撮った。カシャッとシャッターを切る音が暗闇に響くと、画面に真っ暗な世界が映る。それでもその中には小さな光がたしかに見えた。

翠が必死に手を伸ばす、未来のように。

「写真撮るのうまいね」

画面をのぞき込んできた桃子は、にやりと笑った。

「貯めたお金で、翠は、翠の可能性を広げたらいいんだよ。その手で」

「なにそれ」

「だって、もったいないでしょう？」

そう言って、桃子は翠の手にそっと自分の手を重ねる。細い指に冷たい手のひらが触れる。それでも翠は胸の真ん中からあたたかななにかが広がるのを感じた。

慈愛に満ちたような雰囲気の桃子に、そっと全身を抱きしめられているように思えた。

桃子は、大人だと思う。自分よりもよっぽど冷静にいろいろなものを見て感じているのだろう。なのに、そんな桃子がいまにもぽきんと折れてしまいそうなほど不安定に思えた。

守りたい。

そして、抱きしめたい。

そばにいるよ、と全身全霊で伝えたい。

そんなことを思うと、羞恥で翠の顔は火がついたかのように赤く熱くなった。

「どうかした？」

「いや、あ、じゃあ……建築の本でも買おうかな。いつもは図書室で借りてたけど。まあ、買ってもどうにもならないけどさ」

目を逸らし、誤魔化すように軽い口調で答える。

「いいじゃん、それでも。ああいうの結構値段するよね」

「だなー。いまのお金だったら、二冊買えたらラッキーくらいじゃねえかな」

そう考えると、べつに買わなくてもいいかもしれない、と考えてしまう。貧乏が板についてきてしまったようで、翠はつい自嘲気味に笑ってしまった。小学生のときは、漫画や本は新品でないと嫌だったくせに。

少し肌寒い風が通り過ぎて、桃子のキーホルダーを鳴らす。

「ほんとよく響くよな、その鈴」

「いい音でしょ」

カバンについているそれを、桃子がそっと撫でた。漆黒の空間に音が吸い込まれるように響く。

「友だちとお揃いって言ってたっけ？　みんなカバンにつけてんの？」

「ああ……うん。どう、かなあ」

いつもの曖昧な返事に、あまり聞かれたくないものなのだろうと思った。そう考えて、友だちとのお揃いではなく、脳裏に〝彼氏〟という単語が浮かぶ。恋愛経験がないにもかかわらず、多分そうだろうと翠は確信した。

「まあ、過去のもので、ただの思い出なんだけどね」

付け加えられた言葉に、多分〝彼氏〟の前に〝元〟がつくことも察する。

いまは関係ないことなのか、と少し胸を撫でおろすけれど、もしかしてまだ好きかもしれない、少なくとも、桃子には過去に付き合った人がいたのだと想像すると、黒い煙のようなものが体の真ん中らへんに広がるのを感じる。

「……っきゃあ！」

突然、桃子が目を見開いて飛び跳ねた。と同時に翠の体もびくんと震える。

「ど、どうしたんだよ！　びっくりした！」

「足元になにか……む、虫？」

情けない声で桃子が足元を見る。翠も地面に視線を動かしいったいなにがあったのかと確認すると、そこには、もこもこの黒い塊がひとつ。もこもこが動くと丸い黄色のビー玉が見えた。小さな月が足元にふたつ浮かんでいるみたいなそれに翠が「よう」と軽い挨拶をすると「なあー」と力強い鳴き声が返ってきた。

それを聞いて桃子が「猫？」としゃがみこむ。真っ黒の猫が、さっきと同じように桃子の足に頭を擦り寄せた。

「ここによくいる野良猫」

「かわいい！」

ぐりぐりと頭を撫でると、猫は気持ちよさそうに目を細めてぐいぐいと自分でも手に頭を擦りつけてくる。もともとまったく人を警戒しない猫だけれど、桃子のことがずいぶん気に入ったように見えた。

「星の見えない空と黒猫、か。なんかいいね。絵になる感じ」

「お礼、気に入った？」

「大満足！」

そう言って笑った桃子は、いつもよりもずっと身近な存在に感じられた。気がつけば、一眼レフを構えて桃子に向けてフラッシュをたいていた。カシャッという音とともに、一瞬だけ辺りが光る。

レンズを下ろすと、びっくりした猫と同じ顔をして桃子が翠を見ていた。

「……消して」

「え？」

「写真、苦手なの。データ消して」

顔を背けて桃子が消え入りそうな声で呟く。けれど、有無を言わさないほどの拒絶。なんで、と聞けない雰囲気に、翠は「わかった」と答えることしかできなかった。自分が受け入れたことに満足したのか、桃子はすぐに顔を上げて「写真映り悪いんだよね」と笑ってみせたけれど、自然な笑みのあとではそれが作りものだということくらい翠にもわかる。

さっきまで見せてくれた笑顔で距離が少し縮まった気がした。けれどいま、桃子との間には綺麗な線が引かれた。

子どものように笑う桃子と、ときおり見せる大人びた桃子。そのギャップに戸惑う。

それがかえって翠の中に桃子の存在を刻ませる。

◇

桃子にもらった一眼レフは思った以上に翠を虜《とりこ》にした。

難しい設定はまだよくわからないけれど、なんとなく使いこなせるようになり、画面に映し出される写真を見るたびに頬が緩む。いまでは学校にも持っていっているくらいだ。

一瞬を切り取る。

それが、永遠になる。

昼休み、廊下の窓辺に寄りかかりいままで撮った写真を見直していると、秀明が通るのが視界の隅に映った。一瞬目が合ったような気がしたけれど、お互いすぐに目を逸らす。

秀明はあの日以来、一度も翠に話しかけてこない。おかげで翠は学校で一言も喋ることなく過ごすことが多くなった。家でも学校でもひとりきり、そしてあり余る時間。

それをこのカメラで補塡《ほてん》している。

もともとセットされていたSDカードには大量に写真が保存できるらしく、いまのところ一度もプリントしていないけれど困ることはない。時折いままで撮ったものを見返したりもする。道端の風景や、学校から見える景色、誰もいない教室に秋らしい色に変わっていく木々。そして家にあるプラモデルやジオラマの写真。

これを桃子に見せたときは拍手をしてくれた。その流れで蒼甫たちにも見られたけれど、「すげえ才能じゃん」といたって自然に、からかうことなく褒められた。

桃子のように空を撮ることもある。綺麗な夕焼けを見るとカメラを構えるようになった。ほかには、ジオラマ制作の合間に木板の端材にイラストを彫刻しはじめたので、毎日どのくらい進んだか記録するように寝る前に一枚撮影している。そうすると日々進んでいることが確認できて嬉しくなる。

そして、蒼甫たちの写真も撮るようになった。

夜の幻のような時間が、はっきりと残される。現実なんだと感じることができる。

写真が好きになったのは、撮る行為が楽しいとかプリントしたものが綺麗とかからではない。ただ、一瞬を、間違いなくそこにあったものとして記録できるからだ。

だが一方で、なにが現実なのか、写真を見ているとわからなくなる。

「でも、やっぱりこれはないな」

昼休み、廊下の窓辺に寄りかかり昨日撮った自分の彫刻の写真にひとり呟く。一眼レフのお礼にあのなにもない場所と猫だけではまったく釣り合わない気がして完成したら桃子に渡すつもりだったそれ。けれど、なんとなくで作ったものはおおよそ桃子の趣味ではないと思われる、ドクロのものだ。そもそも、女の子に木板に彫刻したものをあげても困らせることにいまさら気がついた。せめてもう少し女の子が好みそうなものでなければ迷惑になるだけだろう。とはいえ、ほかには、ジオラマに加えようと思って粘土で作ったビルしかない。

見せるだけならいいかもしれないけれど……なにか別のものを作るべきだろう。

桃子がなにを思いなにを抱えているのかは、翠にはわからないし、踏み込むこともできない。だからこそ、子どものように無邪気に笑える瞬間を少しでも作ってあげられたら、そのためになにか少しでも手伝うことができたら。

なによりも、桃子の笑顔が見たい。

手作りのものをあげるなんて恥ずかしい気がするけれど、それ以外に翠にはお礼をする術がない。真琴や蒼甫のように相手におしゃれなアクセサリーを買うこともできない。手元にあるのは微々たるお金だけ。

蒼甫たちに、女の子になにをあげたら喜ばれるかを相談すべきだろうかと考えて、それはやめておこうと頭を振った。こんなことを言えば、桃子とのことをからかわれるに決まっている。いまでも桃子の来ないときに「どういう関係か」「どこまで進んだのか」とからかわれることがあるのだ。

「どうすっかなあ」

翠は天井を仰いでううん、と唸る。

自分のこの器用さを、桃子は大事にしろと、そう言ってくれた。だったら、その手で作り出したものを贈りたい。お金があったとしても、翠にはその選択肢しかない。

——多分、自分は桃子に惹かれている。

なにもかもを悟ったような大人のような桃子も、ただ目の前にあるものを楽しむ子どものような桃子も。

でも、翠はいまの気持ちに名前をつけないままでいたかった。

II

二十時からの十七歳

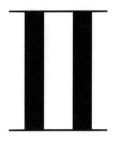

デスク上の電話が鳴ると、時本《ときもと》桃子はワンコールで受話器を手に取った。

「はい、株式会社アルトーンでございます」

電話先の相手と話しながら、Ｗｏｒｄで見積書を作成する。計算機を叩きつつ「ただいま営業の宮澤《みやざわ》は外出しております。折返しお電話いたします」そう伝える。そして相手の名前と電話番号、いまの時刻を付せんに書き、隣のデスクにぺたりと貼りながら電話を終えた。

協力会社や取引先から届く見積もり依頼や発注書を見ながら一つひとつを終わらせていく。カタログを眺めながら、クライアントの希望に応えるにはどの素材を使うべきか……と悩んでいると隣から人の気配がして顔を上げる。

「宮澤さん、お疲れさまです」

「お疲れ、時本さん」

無機質な声で挨拶をすると、同じような返答がある。そして机のメモに気がついたのか、手に取って「あのさ」と呆れたような声をかけてきた。手を止めて顔を上げると、腰を下ろした宮澤に「このメモ、時本さんだよね」と確認されたので、「はい」と頷いた。

「また時本さん電話取ったの？　後輩がいるんだから電話は取らなくていいって言わなかった？」

「……はあ」

電話なんか誰が取っても一緒じゃないか、という言葉を飲み込みながら返事をする。

この話はこれで何度目だろう。べつに毎回取っているわけじゃないし、後輩といってもみんな自分よりも年上だ。この微妙な関係にもう少し配慮してほしいところだけれど、宮澤には理解できないだろうとなにも言わなかった。曖昧な返事に、宮澤も桃子が理解していないと思ったのか小さくため息をついて、メモの相手に電話をかけるため受話器を取った。

店舗や企業向けの販促物のパーツを制作している株式会社アルトーンに就職したのは、桃子が高校を卒業したばかりの十八歳のころで、今年で五年目になる。入社直後はただの営業課全体の事務として働いていた。が、二年前から今年で三十二歳の独身男性でこの支店で一番売上が多い宮澤の営業補佐についている。

毎日宮澤が受注した仕事内容のサンプルの手配をし発送し見積もりを依頼し見積書を作成し、納期の確認、連絡をするというのが主に桃子の役目だ。宮澤の代わりにクライアントとやり取りをすることもある。失礼のないようにどんな質問にも答えられるようにしなければならない。

営業事務をしていたときよりもいまのほうがはるかに忙しい。それだけ宮澤が仕事のできる男ということだ。彼の説明は端的でわかりやすく、知識も豊富ということが桃子にさえわかる。

だからこそ、桃子は宮澤のことが苦手だった。

「この見積もり、頼む」

宮澤は電話が終わるなり、殴り書きされたメモを渡してくる。

「金曜日のこの時間なので、週明けでいいですか？　無理ならいままでの見積もり参考にして私が概算金額出しますけど」

「いや、正確なほうがゆくゆく面倒が少ないから、月曜で大丈夫だ。夕方までに先方にメールを送れるようにしておいてほしい」

「わかりました」

ふと目が合うと、じっと訝しげな視線を送られた。

彼の目は一重で切れ長だからか、平常時でも怒っているかのような冷たい印象がある。百八十以上ある身長に体もがっしりしているため威圧感があり、態度も口調もそっけない。愛想のよさで仕事を取るタイプではなく真面目で行動が迅速なためクライアントに信頼されるタイプだということは、一緒に仕事をするうちにわかった。

入社したてのころは桃子がまだ十八歳だったこともあり、年上で体の大きな宮澤にいつもびくびくしていた。怒られたことも数えきれないほどある。いまでは、耐性がついて鋭い視線を気にすることはないけれど。

目を逸らして受け取ったメモを見る。はじめはその汚すぎる文字の解読に苦戦したけれど、いまでは読めるようになってきたのですぐに清書して協力会社にＦＡＸを送る段取りをつける。

その間も宮澤からの視線を桃子は感じていた。

そんなにじろじろ見ないでほしい。

ここ一ヶ月ほど感じる宮澤の視線を気にしないように仕事に集中して、決して顔を上げずにPC画面を見続けた。「どうしたんですか」とは絶対に口にしない。

最後のひとつの仕事を終わらせるとちょうど定時である六時過ぎ。メールの送信ボタンを押してから、宮澤に報告して席を立った。

「じゃあ、今日はこれで。お先に失礼します」

「ん、お疲れ」

カバンを手にして頭を下げると、宮澤は軽く視線を上げて頷く。宮澤はまだ忙しそうにしているけれど、桃子が帰宅することにはなにも言わなかった。桃子が残っていればそれなりに手伝うべきことはあるだろうけれど、六時には帰宅しなければいけない事情を理解してくれているのだ。

ロッカーでコートを羽織りエレベーターに向かうと、途中にある給湯室で話し込んでいるふたり組と目が合い会釈した。桃子よりも後輩で、入社したときに何度かわからないところを訊かれたことがある。けれどふたりとも、年齢は桃子よりも年上だった。そのせいで彼女たちにどう振る舞えばいいのかわからず、仲が悪いわけではないものの業務のことしか話をしたことのない関係だ。携帯番号さえ知らない。

黒髪ストレートの桃子と違い、彼女たちはこげ茶色に染めていて毛先も軽くカールさせている。桃子はいつもシンプルなパンツスタイルだけれど、服装もカラフルでかわいらしい。書類を受け取るときに艶やかに光るシンプルだけれど綺麗にアートされた爪や、袖先や首元できらりと光るアクセサリーに、桃子は羨ましさを感じていた。

華やかだ。

年上でおしゃれに敏感であろうふたりは、桃子に眩しく映る。

桃子は高校を卒業してすぐに社会人になった。本来ならば大卒しか入社しない会社に特別に採用されたころの自分は、大人ばかりの世界に投げ込まれたたったひとりの子どもだった。電話の取り方もわからないし敬語だって尊敬語も謙譲語もさっぱりわからず、会社にかなり迷惑をかけたように思う。

が、周りから「これだから高卒は」と言われないように子どもの自分を封印して必死に仕事をしてきた。早く大人にならなければと無我夢中で仕事をした。早く大人にならなければいけなかった。

その結果、会社では素の自分の出し方がわからなくなってしまった。おまけに自分よりも後に入ってくる新入社員はみんな大卒であるため年上。宮澤に「先輩なのだから雑用は後輩に任せろ」と言われても、気を遣ってなかなか言い出せない。上司と他愛ない世間話もできないし、同僚の女の人ともうまく話ができない。私生活の問題で遊ぶこともほとんどなく、会社と家と――介護施設だけに通う日々が、他人との壁をどんどん高く厚くさせていく。

そういえば、〝彼女たち〟も爪は綺麗にしていたっけ。

それに比べてなにひとつ手入れされていない自分の手は、ひどくみすぼらしく感じた。紙に触れることが多いので、乾燥気味のカサカサの手。それに会社の女の人も、〝彼女たち〟もみんないい香りがする。きっと香水を使っているのだろう。憧れるけれど、桃子はそれらをどこで買えばいいのか、なにを選べばいいのかもわからない。

桃子にとって化粧はおしゃれではなく身だしなみでしかなく、まったく知識がない。ナチュラルメイクといえば聞こえはいいけれど、ただの手抜きメイクだ。同年代の女性に比べて幼く見えるのもこういうことに疎《うと》いからだろうか。

「……そんな余裕ないけど」

自嘲気味にひとり呟いてエレベーターに乗り込んだ。

桃子が住むのは３ＬＤＫのファミリー向けマンションの五階。

家の鍵を開けると真っ暗な室内に思わずため息をついた。五歳年下の妹は今日も出かけているらしい。おそらくバイトだろう。

妹はファミリーレストランで最終電車近くまで働いている。自分のお小遣いを自分で稼いでくれるのはありがたいけれど、もう高校三年生だというのに、ほぼ毎日バイトに明け暮れるのはどうなのだろう。受験勉強は大丈夫なのだろうか。とはいえ、あまり口うるさくすると反発して「母親じゃないんだから放っておいてよ」と怒鳴られてしまう。

帰り道に立ち寄ったスーパーで買ってきた荷物をキッチンに置き、ソファにどさりと座ると、飼い猫のボタンが近づいてきて足元に頭を擦りつけてくる。さっきまでキャットタワーで寝ていたのか、眠そうに目を細めていて、声を出しながらあくびをした。

「ただいま。ご飯ちょっと待ってね」

そう言うと、少し不満げに、にゃあと鳴いてからお気に入りの猫ベッドの上で丸くなった。まるでご飯をくれないなら用なしだとでも言われている気分になる。

はあっとまたため息。最近は一日何回もため息をついている。

妹もいないし少しゆっくりしよう、と思ったところで携帯電話が着信を知らせた。上着のポケットから取り出して画面を見ると、いまはあまり話したくない相手の名前が表示されている。無視してしまおうかという衝動をぐっとこらえて通話ボタンを押した。

「……はい」

「あ、桃子ちゃん？」

父の妹である叔母さんが甲高い声で喋り出した。思わず携帯を耳から少し離して痛む耳を押さえる。「いま大丈夫？」と訊かれ、大丈夫じゃない、と答えたら電話を切ってくれるだろうかと考えたものの、無駄だと思い直し、「大丈夫ですよ」と言いながら背もたれから体を起こした。

「兄さんの状態どう？　お金は大丈夫？」

「まあ、状況は変わらないですね……いまのところ状態は安定してますけど。お金のほうもなんとか」

「なにかあったらいつでも連絡してちょうだいね。もしも援助が必要なら、できるだけ協力するから」

「ありがとうございます」

　言葉は嬉しいが、叔母さんにはすでに数十万円借りている状態だ。叔母さんの家にも中学生と高校生の子どもがいる。口では援助を、と言ってくれているけれど、前回頭を下げたときも内心かなり渋っていたのを桃子は感じていた。

　悪い人ではないのだけれど、口先だけの優しさには気を遣ってしまい、こちらが疲れてしまう。それに、頭に響く声とこちらがしゃべる間もないほどしゃべり続ける勢いが苦手だ。

「日曜日にそっちに行くけど、なにか必要なものある？　兄さんの食べたいものとか」

「いえ、口が麻痺していてうまく動かせないので、食べものは無理なんです」

「まだなの？　お医者さんはなんて言ってるの？　もう五年じゃない」

「多分、もう厳しいかと……」

　この話は何度目だったかな、と思いながら説明を繰り返した。いつになったら覚えてくれるのだろう。

　結局、その後も毎回お決まりの会話を繰り返し、通話を終えたのは二十分以上経ってからだった。時計を見ると八時前。まだもう少しなにもしない時間を過ごしたいけれど、そろそろボタンにご飯をあげなければ、しばらくへそを曲げてしまうかもしれない。よっこいしょ、と体を持ち上げてボタンにご飯をあげてから、袋に入れたまま放置していた食材を冷蔵庫に放り込み、今日の晩ご飯の支度を始めた。

桃子はこの家で妹とふたり暮らしだ。

母親は七年前に他界し、五年前に父親は脳梗塞で倒れた。それから父は数ヶ月間病院で過ごし、その後一年間リハビリセンターに入院し、いまは介護施設で生活している。体に麻痺が残っているので歩くこともままならない。筋力は年々低下していて、最近はほとんどベッドで過ごしている。舌も麻痺しているため流動食以外は食べられず会話も聞き取りにくい状態だ。

父が倒れたとき、桃子は高校三年生だった。

当時中学二年生の妹のために、すでに受かっていた大学への進学を断り、父の昔の知り合いが社長を務める会社で働くことを決意した。当然生活は厳しい。父親の保険と桃子の収入でなんとか生活ができているけれどギリギリで、常に自転車操業状態だ。なんとか妹の大学資金だけはと貯蓄しているので、自由に使えるお金はまったくない。だというのに、当の妹はここ一年ほど反抗期らしく、桃子の言うことをまったく聞かずバイトに励んでばかり。高校は毎日ちゃんと通っているだけマシなのかもしれないが。

日に日に体も気持ちも沈む。けれど、それを理由にゆっくりする暇もない。

ご飯を食べて満足そうなボタンを見て苦笑を漏らしながら簡単な料理を作った。しばらく妹の帰りを待ったけれど、きりがない。ひとりで食べたご飯は味気ないものだった。なにも満たされない。最近は毎日ひとりきりだ。こんな時間を過ごすならなにも食べないほうがマシに思えてくる。

結局、妹が帰ってきたのは十二時前。お風呂も済ませたあとで、そろそろ寝ようと思っていたころだった。

「ただーいまぁ」

声とともに玄関が開いた音が聞こえて、桃子はソファから立ち上がる。

「おかえり、美子《よしこ》。ご飯は？」

「いや、今日はいいわ。明日のお昼に食べるから置いといて」

美子は疲れた様子でリビングに入ってきて、ダイニングテーブルに荷物を置いたあとソファにどすんと体を沈ませた。そして、「金曜日は忙しいわー」と大きなため息を吐き出す。

帰ってきた妹のためにお茶を入れようと桃子は電気ケトルのボタンを押した。

「上着脱いでハンガーにかけてきたら？　シワになるでしょ」

「わかってるよ、ちょっと休憩するくらいいいじゃない」

美子が面倒臭そうに口を尖らせる。いつもそう言って、そのまま椅子に脱いだジャケットを放置してしまうくせに、と言葉にしかけて飲み込んだ。こんなことを言えば美子は拗《す》ねて立ち去ってしまうだろう。

「最近毎日バイトしてるのね。そんなにお店忙しいの？」

「いまバイトかけ持ちしてるから」

「え？　いつから、どこで？」

そんな話聞いていない。戸惑いを隠して冷静に聞いたつもりだったけれど、固い口調が美子には怒っているように感じられたらしい。少しむっとした表情を見せた。

「夏休みくらいから。前にいたバイトの先輩に紹介してもらったの。カフェの店員。っていってもインテリアのセレクトショップに併設されてるから販売員みたいなこともしてるけど」

美子の説明が桃子にはいまいち理解できなかった。カフェの店員なのかインテリアショップの販売員なのかどっちだろう。そんな桃子の気持ちに気づく様子もなく、美子はその店の説明を続けた。おしゃれだとかケーキが美味しいだとか素敵な家具や雑貨がたくさんあるだとか。とりあえず楽しく働いているらしいことはわかった。

「バイトもいいけど……美子、もうすぐ期末テストなんじゃないの？　大丈夫なの？」

「留年はしないから大丈夫だよ」

「そんなの当たり前でしょ！　大学のこともちゃんと考えてるの？」

高校四年生まで面倒を見るつもりはない。

思わず声を荒らげると、美子は「あーもう、うるさいなあ」と立ち上がった。そのままなにも言わずにリビングを出ていく。「美子！」と呼びかけても返事はない。

結局、いつものように美子の機嫌を損ねてしまった。

いつからこんな関係になってしまったのだろう。昔は常にお姉ちゃんお姉ちゃんと桃子の後ろをついて歩いてきた美子と、気がつけばこうして会話もろくにできなくなってしまった。

口うるさい自覚はあるけれど、美子ももう少し歩み寄ってほしい。

「私が、なんのために」

頭が痛い。

美子の代わりにソファに腰を下ろし、頭を抱える。視線の先には、丸くなって心地よさそうに眠っているボタンの姿がある。ふっと顔を上げて桃子を見つめてから、大きなあくびをしてまた目を閉じた。羨ましくて仕方ない。

もうなにもかも面倒くさい。やめてしまいたい。すべてを放棄して身軽になりたい。そう思うけれど、そのたびにベッドに横になり虚ろな瞳で空《くう》を見つめる父親の顔と、幼いころの妹の不安げな顔が脳裏に浮かぶ。

明日は介護施設に行かなくてはいけない。父親の洗濯物を持ち帰ってきて、父の好きな野菜ジュースを備えつけの冷蔵庫に補充しておこう。日曜日には叔母が来ると言っていた。そのあと家に来るかもしれないから掃除もしておかなければいけない。

桃子にうじうじ悩んでいる暇はない。

「うどん、食べたいな」

無意識に呟いていた。

◇

昨日計画したとおりに、桃子は今日の用事をこなして過ごした。すべてが終わった午後六時過ぎ、いつものように昔着ていた制服を手にしてカバンに詰め込み家を出る。バスに乗り電車に乗って、駅に着くと利用者のほどんどいないトイレに籠もった。着ていた服を脱いで持ってきたカバンの中の〝衣装〟に着替える。そして、コインロッカーに大きな荷物を預け、学生カバンだけを握りしめて目的地に向かった。

光に群がる虫のように、公園の外灯の下に彼らはいた。

桃子の足音が聞こえたのか、ひとりの少年が振り返り笑顔を見せる。

「おーっす桃子」

黒髪は、桃子よりもサラサラに見えた。その奥にある綺麗な二重まぶた。やや吊り気味の目元。そして薄い唇。十七歳にしてはどこか大人びて見える彼は、笑うとても人懐っこい印象に変わる。そして彼の手には桃子のあげた一眼レフがあり、それを見て胸にぽっと明かりが灯ったようにあたたかくなった。

彼のそばにいた学生たちも、桃子を見て口々に声をかけてくる。制服も違えば、派手だったり怖そうだったりとさまざまな雰囲気を纏う彼らのことを、桃子はかわいいと思う。

ここに来ると、月曜日から金曜日までの蓄積された陰鬱な気持ちが吹き飛ばされていく。みんなに挨拶を返しながら、桃子は地面にぺたりと座った。制服が汚れることも、みっともないこともこの場所では気にならない。そして、

「翠、新しい写真見せて」

そう言うと、翠はにっと笑った。

桃子が数年前に卒業した高校の制服に再び袖を通したのは、たまたまだった。

八月のお盆休み、妹はバイトに出かけ、家にひとりきりだった。遊ぶ相手もいなければ、帰る田舎もない桃子はとにかく暇で、なんとなく家の大掃除を始めた。そして、長年放ったらかしにしていた両親の寝室にあるクローゼットを整理しているときに見つけたのが制服だった。

「ちゃんとカバンまで……」

懐かしい鈴の音に、胸がちくりと痛む。

この制服を着ていたころの桃子は、いまとは比べ物にならないほど自由だった。

すでに母親は他界していたけれど、あと数ヶ月、と余命宣告されてから二年も生きてくれたことで悲しみはあまり引きずらなかったような覚えがある。どちらかといえば、亡くなったときよりも病気が判明し入院したときのほうが、まだ中学生だったこともあり不安

で一杯だった。もちろん、母親がいなくなったことでこれでもかというほど泣いた。それでも、穏やかに眠る母親に「お疲れ様」と声をかけたことを覚えている。

母親がいなくなったことで、生活はもちろんそれまでとは変わった。ある程度自分のことは自分で責任を持たなくてはいけなくなったし、家事もするようになった。けれど、桃子だけではなく美子も父も料理ができたし、みんなで分担していたので負担を感じたことはなかった。

毎日楽しく、自由気ままに学生生活を送っていた。

あのころは、そんな生活がずっと続くと思っていた。

「まさか、いまみたいに働いて、お金に悩んでいるなんて、思いもよらなかったな……」

ぽつりと呟くと、残高の少ない通帳と毎月マイナスの家計簿を思い出して気分が沈む。父親の介護施設のお金に、美子の学費。今年はとくに美子の受験やらなにやらでお金がかかる。桃子ひとりの給料ですべてをやりくりするのは厳しい。

いつの間にか二十歳を超えて大人と呼ばれる年になった。けれど、桃子にその実感はない。卒業と同時に就職したため高校時代の友だちは「一足先に大人になっちゃったんだね」と言った。けれど、桃子は大学生活を送る彼女たちをいつも羨ましく思っていた。そして、みんなが社会人になったいまは、自分が置いていかれたように思う。みんなが自分より大人のように感じる。なんせ、もう結婚する子もいるくらいだ。

自分はいったい、いつまでこの生活を——。

どす黒い感情に支配されそうになり、桃子は慌てて頭を振った。つい先日高校の友だちと会って、昔話とみんなの近況を聞いてしまったから変なことを考えてしまうのだ。

必死に働くしかない。過ぎ去った過去を思い出すのも、どうなるかわからない先のことばかり心配するのも時間の無駄。そう言い聞かせて気持ちを制服に戻す。

高校時代、といえばいまから五年前だ。あのころに比べたら、自分もずいぶん老けたのではないかと思う。もともと童顔だったことと、会社と介護施設、そして家ばかりの生活で化粧っ気がないぶん、顔立ちはいまも幼いかもしれない。が、肌のハリは比べものにならないほど劣化しただろう。

「……五年か」

あっという間だった気もするし、まだ五年しか経っていないような気もする。

なんとなく、制服を手にして立ち上がり、カーテンを閉めてから姿見の前で制服を合わせてみた。

まだ、いけるような気もする。

久々に着てみたって、いいよね。

家の中には誰もいない。そんなことはわかりきっているのに、桃子はきょろきょろと部屋の中を見渡してから、着ていたシャツを脱いで制服に袖を通した。

真夏の昼間、カーテンを閉めた部屋の中でじわりと浮かんでくる汗を軽く拭う。心臓が奇妙な鼓動を鳴らしている。

すべてを着終えるまで、鏡を見ることはできなかった。

膝丈のプリーツカートに白いセーラー服。最後に色鮮やかな赤いリボンをしっかりと結び、深呼吸をする。制服からは、青春の香りがした。教室の匂いかもしれない、と思いながら顔を上げる。

――鏡の中には、高校生のときの自分がいた。

もちろん、髪の毛の長さが違う。あのころはもっと長かったし、色も軽く染めていた。少し太ったような気もするし、やっぱり肌艶があまりよくない。けれど、その姿はたしかに高校生の自分だった。

目の前にいる懐かしい自分の姿にぼうっとしていると、ピンポーンとチャイムが鳴り響き、体が跳ねる。慌ててインターフォンに向かうと「すみませんちょっとお話いいですか」と見るからに営業マンといった風貌の男性がカメラの向こうで言った。

オートロックのはずなのにエントランスではなくドアの前にいるのは、マンションの住人の誰かが家に招いてしまったのだろう。どうせ新聞の勧誘などだろうと、いつもならインターフォンで断る。

なのに、玄関を開けてしまったのは、ちょっとしたいたずら心だった。

制服姿の私を見たら、どう思うだろう。

そんなことが頭をよぎってしまったのだ。二度と会わない営業マンにどう思われたって構わない。もし二十歳を過ぎた女が家で制服を着て遊んでいるとわかれば、ぎょっとして去っていくだろう。

「あ、お父さんかお母さん、いないですか？」

けれど、桃子の姿を見た男性はそう言った。

桃子が制服を着て週末の夜に出かけるようになったのは、その日がきっかけだった。金曜日になると直帰し、家の用事を手早く済ませてから制服を持って再び家を出た。ひと気のないトイレで着替えを済ませ、制服に身を包み学生カバンだけを持って歩く。

すると、桃子はどこからどう見ても、高校生になった。

なにをするわけでもない。ただ、ブラブラと人があふれかえる商店街を歩くだけ。すれ違う人はみんな自分を社会人だとは思わないだろう。女子高生がひとり夜の繁華街を歩いていると思うだけ。

自分でも信じられないくらいに気持ちが軽くなった。十八歳から大人に交ざって必死に仕事をしてきた自分から、解放された。

長く続けるつもりはなかった。

ほんの息抜きだった。

あの日、最後にしようと思った。

翠に出会うまでは。

この公園で土曜日を過ごすのは何度目になるだろうか、と考えているところ「桃子?」と声をかけられてハッとする。

「なにぼーっとしてんの」

ケラケラと高校生らしいちょっと生意気な笑みで蒼甫が言った。

いつもここに集まっている子たちはなにかのグループというわけではない。制服も趣味も性格もバラバラだ。けれど、それをひとつにしているのは蒼甫の人柄だろうと桃子は思っている。

十八歳だと言っていたので妹の美子と同い年だ。親御さんは自分と同じように進路をどうするつもりなのかと、さぞかし心配していることだろう。

ここに来るようになったばかりのころは、ついつい「毎晩こんなところに集まって親に怒られたりしないの?」と言ってしまいそうになるのを必死にこらえた。多分、彼らにそんなことを聞くべきではないし、この場所はそういうところではないとなんとなく理解していたから。しかも〝いま〟の桃子も彼らと同じ立場だ。

「あ! 翠、いまオレの写真撮っただろー。撮る前に言えって、カッコいい顔するから」

カメラを構えた翠に、大輝が叫ぶ。「素の大輝もすげえかっこいいから大丈夫だって」と翠がにっこりと笑って答えると、満更でもない顔をして「まあな。その写真、将来プレミアがつくから大事にしろよ」と胸を張る。

「なにそれ。大輝将来どうなんの？」

「オレは将来お笑い芸人になるからな」

冗談なのか本気なのかわからないテンションで大輝が言うと、みんなが「天職に違いねえよ」とぎゃははと大きな声を響かせた。そして「じゃああたしはネイルアーティストかなー」「俺はずーっと寝て過ごしてえ」と口々に言い出して、現実味のない夢の話で盛り上がる。

そして最終的には「大人になんかなりたくねえ」と誰かが叫んで「わかるー」と同意の声が上がった。

こういうのって学生独特だよな、と桃子は思う。

なんにでもなれるような気がして、夢を好きに語っていた。その夢が叶わなくとも、キラキラ輝くような社会人になっているんだろうと思っていた。そしていまを楽しむ。それ以外の細かいことを気にしないで、なんの縛りもない関係の中で、その場限りのような時間を過ごす。

それができる。それが許されている、唯一の時間。

自分もかつてこんな高校生活を過ごしていたのだろうか。

「お腹空いたなー……」

「お、いいじゃん。優一のうどん屋行こうぜ」

「え？　いいの？」

翠がひとりごちると、それを拾い上げた蒼甫がすっくと立ち上がった。「土曜日だから空いてると思うよ」と優一も反対することなくついていくと、みんなも腰を上げて歩いていく。

「桃子も行くだろ？」

当然のように翠に声をかけられ「うん」と空気を読んで返事をした。

うどんを食べられるのは嬉しいけれど、明るい店内に行くのは少し抵抗がある。最初に翠に連れていかれたときも、しばらくは顔を上げられなかった。光の下で見たら、素顔が晒《さら》され、自分がすでに成人年令を超えていることがバレてしまうのではないかと不安なのだ。

「そういえば桃子はまだ二度目だっけ？」

隣を歩いていた翠に訊かれ頷くと「うまいよな、優一のうどん」と言って翠はにっと白い歯を見せた。

「翠に強引に連れていかれたんだけどね」

「でも、行ってよかっただろ」

そこは素直に首を縦に振った。

あの日、翠が桃子を追いかけてきて、強引にうどん屋に連れていかれなかったら、桃子はもう二度と制服を着て夜に出歩くことはなかっただろう。

翠と出会ったあの金曜日の夜、繁華街を歩いているときに桃子は宮澤とすれ違った。知り合いに絶対出会わないように、会社とは反対方向の場所を選んだというのに、なぜか宮澤はここにいた。まさか、と思わず振り返ると、こちらを見ていた宮澤と確実に目が合った。

追いかけてきそうな予感に、桃子は反射的に駆け出した。宮澤が本当に追いかけてきたのかどうかはわからないけれど、ただ走って逃げた。力尽きて、せめて人目につかないようにと脇道の物陰に隠れながら、もう二度と制服を着て出歩くまいと思った。

今日限りにしようと思った。

なのにこうして同じことを繰り返しているのは、どうしてだろう。

現役高校生たちとの時間のどこに、自分は惹かれたのだろう。

「おれ、みんなで食べるうどんが好きなんだよな」

翠がひとりごちる。それをすくって「なんとなく、わかるよ」と答えると、翠ははにかむ。

誰かとご飯を食べるのは、久しぶりだった。とくに外食なんて、一年以上していなかった。あの日食べたうどんのことを思い出すだけでも、桃子はあたたかな気持ちに満たされる。翠のことはいまだってよく知らないけれど、きっとみんなでうどんを食べるとき彼も同じように感じているのだろう。だから、翠は桃子をあの店に連れていってくれたのだと思う。

騒がしい店内に、そばにいる人の笑顔、あたたかなうどん。そして、大事な思い出を復元してくれた翠。手先が不器用だと自覚のある桃子には、魔法のように見えた。

桃子にとって、この時間はちょっとした息抜きになっていた。本気で高校生に戻りたいわけでもないし、戻れないことなど重々承知している。でも若い子とこうして遊ぶだけで、一週間の疲れが吹っ飛ぶし、先に楽しみができて活力も湧く。

彼らとくだらないことで笑っていると、嫌なことや心配なことすべてをほんの少しの間忘れることができる。いままで真面目に過ごしてきたのだから、このくらい遊んでみたってバチは当たらないはずだ。

なにより、いま隣にいる、真っ直ぐに未来を見る翠をそばで見ていたい。蒼甫たちとは違った、なにかを感じるのだ。

「写真、楽しんでくれてるみたいでよかった」

「え？　ああ、うん。すげえ楽しい」

素直な言葉に、桃子はふふっと笑った。

一眼レフを渡してから、翠はどこに行くにも首から下げている。押しつけたような形だったけれど、こうして使ってくれている姿を見ると桃子は嬉しくなる。家でホコリを被っているよりずっといい。

桃子も数回触ったことがあるけれど、使い方がさっぱりわからなかった。美子にいたっては「携帯があるからいらない」と触れることさえなかった。

若さからなのか、もともと性に合っていたのか、翠はすでにかなり使いこなしているように見える。ジオラマの写真もカメラを渡した次の週末、すぐに見せてくれた。Ａ４サイズのものから手のひらサイズのものまでたくさんあった。細部にまでこだわって作られているのがひと目で分かるほどのもので、桃子から見ればどこをどうやって作ったのかまったく想像できなかった。

翠に訊くと、百円ショップで粘土やグリーンモスやセメントを買ったり、父親の仕事で使った鉄板や木板などの端材を使って組み立てたものに自分で色を塗って雰囲気を出しているらしい。実在する町並みや建物のものもあれば、近未来的な世界観を感じさせるものもある。桃子が一番気に入った錆《さ》びて廃《すた》れたような建物の隣に真新しいビルがあるジオラマは、いい意味ですごく違和感があり魅力的だった。小さな建物が縦に切断されていて中のインテリアが見え、かなり細かく作り込まれている。

建物のジオラマが多いのは、前に言っていたように建築に興味があるからだろう。

「楽しいんだな、写真って」

「いっぱい撮ってるよね。今度友だちとかと笑ってる翠も見たいなあ」

蒼甫たちの写真もよく撮っているので、友だちの写真もあればいいのに、となにげなく口にした言葉に、翠が「……あ、うん」と言いよどんだ。

言っちゃいけないことだっただろうか。あまり踏み込んではいけないいんだったっけ。

「あ、いや、できたらでいいから」

慌てて気にしないで、と首を振り伝える。そんな桃子に翠が苦笑した。

「いいよべつに、そんなにあからさまに気を遣わなくても」

「……ご、ごめん」

大人のくせに、高校生にこんな態度を取らせてしまうなんてバカだ。しばらくの間、友人と親しく遊ぶようなことをしていなかったので、適切な距離の取り方がわからなくなってしまったのかもしれない。

「おれ、学校嫌いなんだよな」

落ち込む桃子の隣で、翠が呟いた。

「友だちもいねえし、学校でもひとりぼっちで過ごしてんの。かっこ悪いだろ」

「そんなこと、ないよ」

そう言いながら、内心もったいないなと思った。

いまの桃子にとっては、もう一度戻れるものなら戻りたいと思えるほど高校生活は楽しかった。翠の性格なら楽しむことができるはずだ。蒼甫たちとずいぶん親しくしているのだから、学校に友だちがたくさんいてもおかしくない。それに、翠に惹かれている女の子たちだって、いるに違いない。こんなに優しくてかわいい笑みを見せられたら、誰だって意識してしまうだろう。

十七歳の、自分よりも若くて明るくておしゃれな女の子たち。

ふと、翠の隣に誰かが並んでいる姿を想像してしまい、胸の中に黒いシミが広がっていくのを感じた。と、同時にぶんぶんと頭を振って思い描いたイメージを振り払う。

実際には翠よりも六歳も年上の私がなにを考えているんだ、と心の中で叱咤《しった》した。年上というだけでなく、制服を着て夜遊びをする変な女なのに……。

「なにしてんの、髪の毛ぐちゃぐちゃになってんじゃん」

「なんでもない」

ふはは、と翠が桃子の髪の毛に触れる。

翠の指先から熱が伝わってきたように思えて、顔が熱くなる。いまが夜でなければ、自分の真っ赤に染まった顔を翠に見られていたことだろう。妹と同じ年代の男の子なんて、みんな弟のようなものだと思っていたのに、こんな気持ちになる自分が信じられなかった。

桃子がこんなふうに翠を意識してしまうのは、あの日、翠の特別な場所に連れていってもらってからだ。

自分よりも若い翠が、真っ直ぐに前を、未来を見る姿を見たから。

最初は翠が話す内容から、桃子の環境とどこかかぶって思えたのに、桃子と翠はまったく違う。翠には夢がある。そして、抱いた夢を叶えるのは無理だと理解して、いまの自分にできることを必死に探してもがいていた。

その姿に憧れた。眩しい彼に、そのままでいてほしいと、目を細めたくなるような存在でいてほしいと、そう願った。

だから、桃子は好きなものを大事にしてほしいと思ったのだ。

あの場所には、ふたりしかいなかった。どうして翠がそんな場所に自分を連れていってくれたのかはわからないけれど、あのタイミングでなければ翠はきっと、夢なんて教えてくれなかっただろう。

それは少し、自分が特別になったような気持ちにさせる。

「……また、あそこに行きたいな」

気がついたら言葉がこぼれ落ちてしまい、翠が「え」とちょっと驚いたような顔を見せた。

「あ、いや、なんか落ち着く場所だったなあって」

「じゃあ、行く?」

翠の声は小さかった。

聞き間違いだろうかと思うよりも前に、素直にこくこくと頷いてしまう。

「でも土曜日まで桃子は無理だろ? 来週にする? おれは——明日でもいいけど」

明日の昼間は父の介護施設に行き、そのまま叔母が家に来て夕方まで居座るだろう。美子のためにご飯も用意しておかなければいけないし、日曜日の夜に出かけたら月曜日の仕事が辛くなる。

頭の中に、決して忘れてはいけない現実がいくつも浮かぶ。

なのに。

「明日で」

桃子が返事をすると、翠は嬉しそうに頷いた。彼の耳がほんのりと赤くなっていることに気づいて、胸の中がじくりと甘く疼《うず》く。

そのあとはうまく話すことができなくなり、お互いに無言で少し前を歩く蒼甫たちについて歩いた。

すぐにうどん屋の明かりが見えてきて、翠が「あ」と声を上げてから一眼レフを手にする。

「なああ、写真撮っていい？」

店に近づいていく蒼甫たちに翠が声をかけると、蒼甫が振り返る。

「お、いいじゃんいいじゃん」

「ちょっと化粧直したいんだけどー！」

「暗いから大丈夫だって」

みんなが一列に並ぶのを見ていた桃子に「桃子も来なよ！」と真琴が声をかけてきた。

けれどふるふると首を横に振って「私は……」と場の空気を壊さないように断る。真琴たちは「えー」と頰を膨らませたが、桃子が写真嫌いなのを知っている翠が話を終わらせるように「ほら撮るぞー」と声をかけた。内心ほっと胸を撫でおろし、写真を撮り終わったあとみんなと一緒に画像を確認する。小さな画面の中には、桃子が嫉妬するほど眩しい笑みを見せる高校生たちの姿があった。

そこに桃子の姿はないが、それを見ているとあのころのように自分にはなんでもできるような、未知の未来が待っているような、そんな気がした。

そんなこと、あるはずがないのに。

「桃子はすっかり翠に懐かれたなあ」

いつの間にか隣に来ていた蒼甫が、小さな声でからかってきた。

「懐くって。ペットみたいに言わないでよ、蒼甫くん」

「わりいわりい。まあ、ふたりが一緒にいることで気が楽になるなら俺としても嬉しいよ。翠も桃子も、出会ったときは思いつめた顔してたからさ」

大人びた言い方に、桃子はつい噴き出してしまう。

軽い口調ではあるけれど、結構周りをよく見ている子だ。そして心配性のおせっかい。いつもいまが楽しければいい、と思っているように振る舞っているけれど、いい子だなあと思う。

「まるで翠のお兄さんみたい」

「そりゃあ、俺のほうが年上だし、翠はかわいいしなあ」

「ひとつしか違わないのに」

それでも、俺のほうが年上には違いないだろ、と言って蒼甫はみんなの輪に戻っていった。

店の中に入ると、翠は運ばれてきたうどんも写真に収めた。小さな画面に映るうどんを見て、ふにゃりと頬を緩ませる翠に、桃子もつい口元を綻ばせる。目が合うとちょっと恥ずかしそうに頬を赤くして「なんだよ」と言った表情もまたかわいかった。新しいおもちゃを手に入れた子どもみたいだ、なんて言ったらきっと怒ってしまうだろう。

それでもクスクスと声を漏らしてしまうと、翠は拗ねたようにそっぽを向いてしまった。

「早く食わねえと伸びるぞ」

優一が食べながら桃子と翠に言うと、ふたりは顔を見合わせる。

「はあい」

「おう」

ともに素直に箸を手に持ってあたたかなうどんを口に運んだ。

◇

出勤日よりも少し遅い朝八時、桃子は布団から出てすぐに家の掃除を始めた。叔母が家に来るかもしれないので、最低限の片付けはしておかなければならない。汚れていると、悪気のない嫌みが飛んでくる。幸い快晴で洗濯もできそうだ。ひととおり綺麗にしてから洗濯物を干し、父親の所に持っていくものを簡単に集める。そして軽く昼ご飯を食べてからまだ寝ている美子に声をかけて家を出た。

家から介護施設へは電車で二十分、そこからバスで二十分。車で移動できれば三十分もかからないのだけれど、桃子は免許を持っていないし、父が倒れてから家にあった車を手放してしまった。

電車の中で高校の友だちからメッセージが来ていたのに返事をしていないことを思い出して携帯を取り出す。来週、高校時代仲がよかった三人で久々に集まろうという誘いだ。一緒にいると会話に混ざれないときも、羨ましくて仕方なくなるときもあるけれど、やっぱり学生時代の友人と過ごす時間は楽しく話していると気が晴れるので、特別な存在だ。前に会ったのはお盆休みだっただろうか。金曜の夜なら大丈夫だろう。そう返事をするとすぐに店と時間のメッセージが届いた。

友だちはみんな、メッセージの返信が速い。既読になればすぐに来る。そのレスポンスのスピード感についていけないときがある。そして、桃子ひとりの返事がなくても会話は続いていく。それを見て、桃子は携帯をポケットに入れた。

二時過ぎに病室に入ると、すでに叔母が父親のベッドのそばに座って話し込んでいた。といっても、父親の言っていることは聞き取りにくいので、叔母もよくわからないままに「うん、うん」と返事をしているだけ。

「あら、桃子ちゃん。休日なのに遅かったのね」

こういう地味な嫌みをやめてくれたらいいのだけれど、と思いながら曖昧な笑みを返す。

「やっぱり、病院のご飯はどれも美味しくなさそうねえ」

「そうですねー。お父さん、洗濯物交換しておくからね」

適当に相槌を打ちながら、父親に話しかける。耳は聞こえているので父はうんうんと頷いてから、使用済みのタオルなどが入っている場所を指さしてくれた。その指は、桃子のものよりもずっと細くなっている。

脳梗塞で倒れる前の父親は、建設会社で働いていた。飲みにいくことも多かったし、タバコもよく吸う人だったけれど、健康だけがとりえだと自慢するほどがっしりとした体つきで健康診断でも一度も引っかかったことがなかった。

けれど、いまは以前の面影がまったくなく、痩せ細った老人のようになってしまった。倒れてすぐのころはもう少ししっかりしていた気がする。けれど、体に麻痺が残っていてひとりでは歩くことができずリハビリの時間以外はほぼ寝たきり。舌にも麻痺があるので満足にご飯を食べられない。そんな状況がどんどん父を弱らせていく。

じわじわと命を削られているような父親の姿から目を逸らしたくなるのを堪える。

「ねえ、桃子ちゃん、兄さんの面倒を家で見るのは難しいの？」

これで何十回目だろうかと思いながら、ぐっと奥歯を噛みしめる。

「ここでその話は……」

「なに言ってるの、兄さんにも関係あることじゃない」

ちらりと父親に視線を向ける。けれど叔母は逃げ道を塞ぐように桃子に詰め寄ってくる。

話を逸らせば余計に面倒なことになるな、と肩を落としつつ「そうですね」と曖昧に返事をした。

「……でも、いまは痩せたとはいえ、身長百八十近い父の介護は私では……それに、働かなくちゃなりませんし」

「でもねえ」

「大学生になる妹もいますし」

いまの状況で家で介護なんてできるわけがない。桃子も美子も未経験だし、つきっきりになって働けなくなってしまうだろう。

そんなことになればどうやって収入を得るのか。母の保険金はもう残ってないし、父の保険金と退職金だけではすぐに底をつく。いまだって介護施設にお金を払っているけれど、それを差し引いても家で看護をすることに比べたらマシだ。それに、精神的にも自信がない。

そもそも、父親ともちゃんと相談して決めたことだ。

「美子ちゃん大学に行くの？　じゃあ、せめて介護の資格を取って、いずれは」

「妹から、未来を奪うんですか？」

思わず嚙みつくように言うと、叔母は少しだけバツが悪そうな顔をしてからそばにいた父親に「で、でも」と話しかける。

「兄さんだって、家にいるほうがいいでしょう」

父親は困ったように笑ってから、ゆっくりとぎこちなく左右に首を振った。それを見ても叔母は「気を遣ってるのよ」と言うばかりで話にならない。

いい加減にしてほしい。いったいいつまで堂々巡りの話をしなければいけないのか、と思ったところでちょうどスタッフが部屋にやってきた。その隙に叔母を廊下に連れ出す。

「もう、この話はやめてください。そのたびに父が気を遣うので」

「だから家に」

「そうじゃなくて」

少し前までは、この叔母の話も右から左に聞き流していたけれど、今日はもう我慢の限界だった。もちろん叔母にだって感謝しているし、決して嫌いなわけではない。ただ、感情ばかりを優先し、現実を、桃子たちの状況を理解できないだけ。でも、もううんざりなのだ。

「父は、私が大学進学をやめて働いていることを、いまも謝るんです」

そうさせているのは桃子自身でもあるのはわかっている。口にも態度にも出した覚えはないけれど、父親には感じ取られてしまうようだ。たどたどしく「すまんな」と何度も謝る父親を見ると、自分がひどく親不孝なように思えてしまう。そんなことないよ、と笑い飛ばせばいいのにそれもできない。

「だからこそ、美子には大学に進んでもらいたいんです。美子には、なにも気にしないでいてほしいんです」

叔母はまだ不満そうではあったけれど、それ以上なにも言わなかった。

最後に「いろいろと感謝はしてます」と頭を下げて病室に戻った。しばらくしてから中に入ってきた叔母が、元の口うるさく元気な姿に戻ってくれたことに、少しホッとする。

話した内容をすぐに忘れるのは欠点だけれど、感情をすぐに切り替えてくれるところはありがたい。

「じゃあ、私ちょっと買い出し行ってきます」

叔母を残して、父親のために必要なものを買いに介護施設の近くにあるコンビニに行こうと席を外した。

廊下に出ると、窓から心地よい光が差し込んでいる。時間はまだ三時前。この調子だと叔母が桃子の家に来ることはなさそうなので、夕方からは少し落ち着くことができそうだ。

でも、気持ちは落ち着かない。

あと四時間後には、翠と会う。翠に教えてもらったあの場所でふたりで過ごす。

ああ、早く夜になればいいのに。

眩しいほどの太陽を見ながら夜に思いを馳せた。


昼間、よく晴れていたからだろうか。夜になっても雲はほとんどなく、欠けはじめた月がくっきりと浮かんでいる。

秘密の場所への最寄り駅で翠がやってくるのを待ちながら、まるでデート前のように高鳴る胸を必死に整えようとした。けれど、遠くに翠の姿が見えた瞬間、ばくんと心臓が大きく跳ね上がる。

今日の翠は私服だ。いままで制服姿しか見たことがなかった、と思ったところで日曜日なのに自分は制服を着てしまったと気づく。かといっていまの桃子が私服で高校生のフリをするのはさすがにきつい。制服を着ているだけでも相当痛いけれど、私服だったら補正が効かない。

「結構待った？」

「いや、大丈夫」

「今日学校だったんだな」

ちょっとね、と乾いた笑いを見せながら心の中でこれ以上突っ込まないでと祈るしかない。幸い翠は「大変だな」とあっさり会話を終わらせて、いつものぎいぎいと音を立てる自転車から降りる。

隣に並ぶ翠にちょっと緊張してしまいながら、ふたりで歩きはじめた。前に並んで歩いたときはこんな気持ちにならなかったのに、わざわざふたりだけで待ち合わせして出かけるとなるとこうも意識してしまうのか。

まるで、昔初めてできた彼氏とのデートの日のような気持ちだ。

そう思って、自分はただ疑似恋愛を楽しんでいるのではないかと考えた。きっと、そうに違いない。決して、翠だからではない。

「どうかした？」

「あ、ううん」

それでも、翠にとって自分は〝十七歳の女の子〟であり、おそらく恋愛対象なのだ。それに気づくと後ろめたい気持ちになり、翠の視線から逃げるように目を逸らした。

駅から徒歩十分ほどで、目的の場所にたどり着く。その先で、一度会った黒猫がちょこんと座ってふたりを出迎えてくれた。

桃子よりも先に翠にすり寄るので、彼に相当懐いているようだ。おそらく、ずいぶん前から翠はここで何度もひとりで過ごしていたのだろう。

小さな丘から見える景色は、当たり前だけれど、なにも変わらない。とくになにもない場所だ。だからこそ、落ち着く。翠がよくひとりでここに来ていたのも納得できる。

黒猫を抱きかかえながら地上を見下ろすように佇んでいる翠の横に、桃子はそっと並ぶ。盗み見るように彼に視線を向けると、歯を食いしばっていた。

暗いのではっきりとはわからないけれど、心なしか目が潤んでいるように見える。

「……なにか、あったの？」

触れていいのか悩んだ末に、恐るおそる問いかける。

翠はハッとしたように体を小さく震わせてから桃子を見て力なく笑った。口を開けてなにかを話そうとして、なにも言わず口を閉じる。そして。

「早く大人になりたいなって、思って」

小さな声でそう呟いた。

大人になったって、なにもいいことなんかないよ、と心の中の桃子が返事をする。桃子は大人だ。中身はさておき、年齢は二十三でお酒も飲める。

月に何回か仕事で飲み会に行ってお酌をしたりもする。名刺交換も戸惑うことなくできるようになったたし、お客様に出すお茶の淹れ方もずいぶんうまくなった。仕事で迷惑をかけることもなく、どちらかといえば信頼されている。毎月決まった額の給料をもらい自分のお金で生活をしている。

その日々に楽しいことはほとんどない。

そうでない人もいるだろう。でも、桃子のいままでの日々は自分で手に入れたくて得たものではない。だからこんなに、つまらないのだろうか。

「日に日に、親の顔色が悪くなるんだよな。多分無理して働いているからで、それっておれのためなんだろうなって思うと、なんか無力だなあって。おれの進学なんてどうだっていいのにな」

きっと翠の両親も、彼の大学進学のために必死に働き貯蓄しようとしているのだろう。

「だから働くって言ったらすげえ反対された。っていうか泣かれた」

いまの桃子には、翠よりも両親の気持ちのほうがよくわかる。そこに素直に甘えたほうが親のためにもいいのに、と思うけれど、それを言っても翠には理解できないだろう。翠は、両親が自分に甘えてくれたらいいのにと思っているはずだ。

「早く大人になって、誰の手も借りずに生きていけたらいいのに」

「でも、夢を叶えることができるかもしれないよ。そしたらそのとき、翠はいまよりずっと、周りを守れる人になると、思う」

翠の手から逃げるように黒猫がぴょんっとジャンプをして地面に着地した。

「桃子は、大人になったらなにになりたい？」

「私？　えー……なんだろ」

無理に明るい笑みを向ける翠からの質問に、桃子が首を捻る。

なりたいものは、たくさんあった。漫画を読むのが大好きだったので漫画家になりたいと画《え》を描いていた時期もある。イラストレーターもいいなと思っていた。

ものを考えるのが好きなので、そういう企画みたいな仕事にも興味があった。いまとは違う、ドラマや映画で見るようなキャリアウーマンになりたかった。

でも、翠のような明確な夢はなにもなかった。これから見つけるんだと、大学生活に期待して、未来の自分を信じていた。なぜかうまくやっていけると疑いもせずに。

だからこそ、桃子は子どもである翠のいまと未来が輝いていると思うのだ。これからなんにでもなれる、自分で好きなように描ける。そして同時に、いまの自分にはもう無理なのだと思い知る。

「……私には、ないかな」

「これからってことか」

桃子を同い年だと思っているから、そう言えるのだろう。本当は違うんだよ、といえば翠はいったいどんな顔をするのだろうか。

「もう、無理だよきっと。このままずるずる、歳を重ねるだけ」

翠が望むように、自分の力で生きてはいるけれど、それだけだ。

「なんで？　おれなんかよりよっぽどいろいろできるだろ」

「そんなことないよ」

なんの躊躇もなく返事をしたことで、翠はなにかを察したのか深くは聞いてこなかった。不思議そうな顔をしながらも「そっか」と軽く言葉を返す。

「でも、いつかなんか、いいものが見つかって自分に自信を持って過ごせたらいいよな。――おれは、諦めないから。だから桃子も諦めんなよ」

翠は自分に言い聞かせるように顔を上げて桃子を見ると、無理やり口角を上げた。

真っ暗な場所で向けられた笑顔が、桃子には輝いて見えた。それは、住宅街のさまざまな窓から光る明かりのせいで、そう見えるだけ。そうとわかっていても、桃子は翠から目が離せなくなる。

なんて、真っ直ぐな男の子なのだろう。

まだ現実を知らない子どもだからそう思えるのだろうか。翠も桃子と同じくらい成長すれば変わるのだろうか、と考えるけれど多分そうではない。

桃子がすべてを諦めたのは十八歳で、目の前にいる翠とは一歳しか違わない。当時の桃子には彼のように前を向く気持ちなんて微塵《みじん》もなかった。置かれた状況を仕方ないと割り切って気丈に振る舞っていたけれど、失われたものを想って何度も枕を濡らした。

大きな夢なんかなく、ただ大学生活に期待していただけ。

——翠はすでに、明確な夢を抱いているのに。

「翠は、なんにでもなれるよ」

「だといいけど」

建築士となった彼のイメージしたものが小さな形になり、それが実物大になってたくさんの人を驚かせる、そんな未来を想像する。きっと翠なら大丈夫だ。簡単なことではないだろうし、時間はかかるかもしれない。現実的に難しいこともあるだろう。

それでも、翠なら夢を、摑めそうだ。

「……すごいなあ、翠は」

桃子の意見に同意を示すように、黒猫がにゃあと鳴いてふたりの間に割って入ってきた。懐いているだけあって、黒猫も翠のことをよくわかっているようだ。「ね」と黒猫に話しかけると、翠はちょっと恥ずかしそうに笑った。

「なにもすごくねえよ、おれなんか」

「すごいよ、尊敬する。私も、翠みたいになりたいなあ」

年下だとは思えない。

まだ翠は十七歳だ。これから彼はいま以上に輝いていくに違いない。そんな翠を、一番近くで見ていたい、と思った。

翠のそばにいたら、一緒にいるだけで、自分にもなにかできるのではないかと、そう思わせてくれる。笑顔にもなれるし、助けてあげたくもなる。そして、いまのように、きっとたくさん助けてくれる。

翠の隣にいたくて、無理やり理由を作っている自分に気づきながらも、その気持ちから目を逸らした。

「……じゃあ、おれと一緒にいたらいいんだよ」

視線を地面に落として顔を隠すようにしながら、翠が言った。

胸がぎゅうっと締めつけられて言葉に詰まる。自分が望んだことを口にしてくれたことが嬉しい。その反面、桃子の全身に警報が鳴り響く。

どう答えればいいのか、なんて返事をすればいいのか。

「置いていかれないようにしなくちゃね」

口にした言葉が正しかったかどうかはわからなかった。

◇

一週間が終わるころには、体がどっと疲れている。

社会人になりたてのころはいろんなことに気を張っていて毎日くたくただったけれど、いまはもうこの生活リズムにも慣れたはずだ。そのはずなのに、ここ数ヶ月はなぜか体が重い。明日が土曜日であることにホッとする。

けれど、今日は一週間のうちで一番忙しい金曜日であることに加えて今月最後の週ということで普段の二割増しに感じられた。とくに夕方になるにつれて電話の件数も増えてくる。

「申し訳ありません、宮澤に確認いたしますので」

隣の席を一瞥《いちべつ》しながら、電話越しに頭を下げた。急ぎの案件で相談があるのに宮澤と連絡が取れないらしい。いったいどこでなにをしているのか。代わりに内容を訊いたものの、桃子の独断では返事のしにくい納期の件だった。ほかにも宮澤の判断を仰がなければならない案件がいくつかある。今日返事をもらって連絡を入れなければ月曜の朝から作業に入りたい現場を止めてしまうことになりかねない。

なんでこんな日に。

時計を確認すると六時を過ぎていた。今日は高校時代の友人と七時から飲みにいく約束があるというのに、このままでは遅刻してしまう。連絡したいけれど、携帯はロッカーの中だ。

がっくりと肩を落としながら、宮澤からの折返しの電話を待った。

けれど、宮澤は電話をかけてくる前に社内に戻ってきた。桃子の顔を見るなり、「まだいたのか」と目を丸くする。誰のせいだ、と心の中で悪態をつきながら努めて冷静に「お疲れ様です」と声をかける。

「この案件の返事を今日中にはほしいと加工屋さんから言われているので。あと望月《もちづき》社長から、宮澤さんに納期の相談の連絡がありました。部品の一部の入荷が遅れているそうで、分納にしてもらえないか、とのことです」

テーブルに用意していたメモやＦＡＸ、メールの出力用紙などを手渡しながら宮澤に説明をしていく。それを一つひとつ受け取りながら宮澤は「わかった。先方には俺が連絡する」「これでいい」「進めといて」など、すぐに答えを返す。

「以上です。ありがとうございます」

「ああ、悪かったな。ちょっと先方の社長に捕まっておまけにここまで送ってもらって。携帯を見られる雰囲気じゃなかったんだ。七時近いけど大丈夫か」

「大丈夫です。連絡を入れたら失礼しますけど」

おそらくあと十五分以内には終わるだろう。すぐにメール画面を開いて手早く文章を打ちはじめる。いまの桃子にできることは早く終わらせて、退社することだ。ロッカーに戻ったらすぐにみんなにメッセージを送らなければいけない。

「メモと一緒に置いといてくれたらやっといたのに」

「……大丈夫です。これはわたしの仕事なので」

画面から目を逸らさずに返事をする。一瞬そうしようか、という考えがよぎったけれど、無責任な気がして結局できなかったのだ。仕事に厳しい宮澤のことだ。いまは優しいことを言ってくれているけれど、実際行動に移していたら怒ったかもしれない。

「じゃあ、お先に失礼します」

最後のメールを送信すると同時に、桃子はすっくと立ち上がった。時間は七時五分。急いで向かえば半過ぎには待ち合わせ先の店に着くはずだ。

「ああ、ありがとう。土日はゆっくり休んでくれ」

「あ、はい」

宮澤からお礼を言われるとは思わなかった。さっきまでいらいらしていたけれど、感謝の言葉で少し和らぐ。ちゃんと仕事をしてよかった。

ただ、ゆっくり休んでくれ、という言葉には引っかかりを感じる。

制服姿で夜に出歩いているのを見られたからか、別の意味が含まれているのではないかと勘ぐってしまう。

すれ違った日の週明け、顔を合わせたとき宮澤は明らかに訝しげな視線を桃子に向けた。桃子はそれに気づかないふりをして、普段どおりに振る舞った。仕事以外の話をする隙を決して与えないように。それがよかったのか、いまのところあの日のことを宮澤に触れられたことはない。日が経つに連れ、なにかを言いたげな目を向けられることもなくなった。人違いだった、と思ってくれていたらいい。

「あ、お疲れ様です」

桃子よりも先に退勤していた後輩の年上女性ふたりとロッカーで鉢合わせ、頭を下げる。

「お疲れ様です」と笑顔で返事をしてくれた。コートを羽織り、携帯を手にするとメッセージが数件。どうやら友人も仕事が忙しく三十分ほど待ち合わせ時間をずらしてほしいという内容だった。桃子のいない間に話はまとまっていたが、『私もいま終わったから、すぐに向かうね。半過ぎには着くから先に始めといて』とメッセージを打つ。

どうやらそばにいる後輩女性もふたりで出かけるらしく、携帯片手に「どの店に行く？」「金曜だし混んでるかも」と話しているのが聞こえた。以前から仲がいいふたりだな、と思っていたけれど、かなり親しい関係のようだ。会社に同年代の女性がいれば、桃子にもそんな友人ができただろうか。

「あの」

「え、あ、はい？」

突然呼びかけられて、体がびくんと跳ねた。振り返ると「帰り、一緒になるの……珍しいよね、いや、ですよね」とぎこちなく世間話をされた。桃子が年上の後輩にどう振る舞えばいいのかわからないのと同じように、彼女たちも年下の先輩への接し方に悩んでいるらしい。

「あ、そうですね」

「あの、あたしたち、いまからご飯に行くんですけど、一緒に行きます？」

「……え、私、ですか？」

自分以外にいないだろう、と心の中で突っ込む。でも、そのくらい桃子には信じられない誘いだった。

「えと、その、嬉しいんですけど、実は、別の約束があって……」

「そ、そうですよね！　突然すみません。急に誘われても困りますよね」

慌てて手を振り、恥ずかしそうに顔を赤くして後輩女性が笑った。

自分がそばにいるから、話を聞かれたから、気を遣って誘ってくれたのだろう。そう思うと「すみません」と桃子も申し訳なくなり頭を下げる。でも、用事があってよかったのかもしれない。嘘をついて断ることはできなかっただろう。一緒にご飯に行ったら、彼女たちに終始気を遣わせてしまったに違いない。

「また今度誘ってください。楽しんできてください」

とりあえず、そう言っておけば迷惑だったから断ったわけではないと伝わるだろう。

「はい、ぜひ」と答えてくれたので最後にもう一度頭を下げてロッカー室をあとにした。


結局待ち合わせ場所に着いたのは七時半を五分ほど過ぎたころ。

「あ、もーもこ！　久々ー」

お店に足を踏み入れると、すぐに安藤佳乃《あんどうよしの》が桃子を見つけて大声で叫んだ。ブンブンと手を振る彼女のもとに向かうと、佳乃の前の席には葛西凛花《かさいりんか》もいる。

「ごめん、待った？」

「いま来たところで、なにも注文してないから大丈夫だよー。とりあえず生でいいよね」

昔からテキパキと物事をこなす佳乃は、すぐに店員を呼んで「生みっつとー、やみつきキャベツときゅうりの一本漬けをとりあえず」と注文する。

それを見て凜花と桃子が「チョイスがおっさんじゃん」と笑った。店内が騒がしいので、桃子たちの声も自然と大きくなっていく。

高校時代の桃子はいつもこのふたりと一緒に行動をしていた。三年間クラス替えのない学校だったというのもあるだろう。しっかり者の佳乃に、社交的な凜花。桃子はそのふたりの間でいつもケラケラと笑って過ごしていた。勉強も恋愛も、すべてを共有した、かけがえのない友人だ。

ふたりに会えるのは嬉しいし楽しい。

けれど、卒業後は自分と違う時間を過ごしていることをまざまざと感じさせられるのも、この時間だった。

佳乃はボーイッシュだった見た目が、大学に入り綺麗な雰囲気に変わった。化粧もクールな雰囲気で、いまは海外輸入商品を扱う会社で営業の仕事をしている。

凜花は当時、三人の中では一番派手な見た目だったけれど、いまは清楚系だ。髪の毛も軽く巻いていてどこからどう見てもお嬢様。さすが受付嬢。

それに比べて自分はまったく垢抜けないままだ。ナチュラルメイクに、仕事には動きやすいラフな格好を選んでいるせいで、今日もカジュアルだ。休日も病院に行く以外に予定なんてめったに入らないし、そもそも新しい服を買う余裕もない。華やかなふたりに囲まれていると、羞恥に襲われそうになる。少しでもいまの時間を楽しもうと、余計な考えを振り払い運ばれてきたビールで喉を潤した。

「最近仕事はどう？　佳乃のことだからバンバン契約取れてたりするんじゃない？」

「そんなわけないじゃん。小さな案件ばっかりだよ。でもまあ、それでも任せてもらってると思うとやる気は出るけどね」

佳乃の会社はさほど大きくないというけれど、だからこそ今年入社したばかりでもたっぷり仕事が与えられるらしい。やりがいはあるよ、と夏に会ったときも言っていた。

「凜花は？　受付ってナンパされたりするの？」

「まっさかー、そんなことないし。むしろしてほしいんだけど！　受付の仕事は嫌いじゃないけど、見た目にすっごい気を遣わなきゃなんないから朝が大変なんだよねえ……」

知らない会社の話を聞くのはなかなか楽しい。桃子はふんふんと耳を傾け頷きながら、適当に注文して運ばれてきた料理に手を伸ばす。ふたりが大学生のときもちょくちょく遊んでいたけれど、仕事の話を聞くのは新鮮だ。以前は大学でどんなことをしているだとか、恋愛の話がほとんどだった。

「桃子はもうこんな日々を五年も続けてるんだもんなあ、すごいよ」

「なにもすごくないよー。慣れるだけ」

「やっぱり早く働いているからか、落ち着いてるもんね、桃子は。大人になったよ本当に」

どこが大人なんだろう。

そんなことないよ、ともう一度繰り返して肩をすくめることしかできなかった。自分よりも年上ばかりの会社で、しかもコネ入社の桃子はただただ必死だった。とりあえず働かなければ生きていけない。やりがいや楽しみなんて感じる余裕もなかった。

ふたりのような気持ちで働きたいと思ったところで、いまさら無理な話だ。

「でも、働きだすと出会いがなくなるから、気をつけてね」

桃子がにやりと笑ってふたりに忠告すると、佳乃は「たしかにそうかも」と頷き、凛花は「えーやだ困る！」と眉を下げた。佳乃には大学時代から付き合っている人がいるので気にする必要はない。反面、凛花は大学二年から誰とも付き合っていないはずだ。

「会社と家の往復になるから、意欲的に出かけないと私みたいになるよー」

「まだ二十三でしょ、桃子も。桃子はなにもないわけ？　会社の人とか」

「会社の人なんてありえないし。それにあったらすぐに報告してるよ」

必要最低限の付き合いしかない社内で、色恋沙汰などひとつもない。桃子が知らないだけで、社内恋愛をしている人がいないとは断言できないが、桃子には関係のないことだ。半数以上が既婚者ということを差し引いても、社内でそんなことを考えたことなど一度もない。

「桃子は営業事務だっけ？　営業でいい人とか。見渡してみればいるかも」

「営業ねえ……」

そういえば宮澤はまだ未婚だったたな、と思い出した。ただし、十年以上付き合っている彼女がいるとも聞いたことがある。仕事もできるし信頼もしているけれど、そういう対象として見たことは一度もない。入社したころの怖い人という印象がまだ抜けないのもその理由だろう。

いまはそれだけではない。二十三歳のくせに制服を着て夜歩き回っている姿を見られた相手なのだ。極力関わり合いたくない。面と向かって「時本さん、この前、制服着てた？」なんて言われたら恥ずかしすぎて死んでしまう。しかも、社内で堂々と口にされたら……と考えると血の気が引く。

「なに、考え込んじゃって。いい人いるんでしょ？」

「違う違う。私の直属は独身だったなって思い出しただけ。ちなみに結婚はしてないけど彼女はいるから」

顔の前で手をパタパタと振って否定する。

「……瀬野《せの》くんと別れてから、なにもないよ」

自分でも驚くほどするりと元彼の名前が口から出てきたことに驚いた。夏に佳乃たちと会ったときに名前が話題に上がったときは心臓が止まるかと思ったのに。

高校時代、桃子が一年半付き合った瀬野。高校生らしい、初々しい、楽しい時間をともに過ごした相手だ。あのころは漠然と、これから先もずっと一緒にいるんだろうなと思っていた。初めてのデートで行ったフリマで買ったお揃いのレジンのキーホルダーを、一緒にカバンにつけていた。ずっと大事にしようね、と。

けれど、桃子が大学進学を諦め社会人になり、彼は大学生になった。別れたのはそれからたった一ヶ月後のことだった。離れて初めてのデートで別れ話をされたのだ。

価値観が変わって合わなくなった、という理由で。

振られたときはショックだった。高校時代のすべてが手からこぼれ落ちたような喪失感に打ちのめされた。その後、長年恋愛を求めずに過ごしてきたのも、そのせいだろう。

だからといって彼への思いを引きずっていたわけではないけれど、前回夏に集まったとき久々に彼の名前を耳にして動揺したくらいには胸のしこりになって残っていた相手だ。

──『そういえば瀬野が結婚するんだって』

お酒が進んだ佳乃が、もう二十三歳だね、まだ二十三歳だよ、という会話の流れでついうっかり口を滑らせたらしい。桃子の表情が固まったことに気づいて慌てて話を変えようとした。大丈夫だよ、もう結婚するの、早いね、なんでなの？　と平静を装って訊くと、誤魔化せないと思ったのか、佳乃は説明してくれた。

二十三歳で結婚は、いまの時代ではかなり早い。なにか理由があるのだろうと思ったら、やっぱり授かり婚らしい。相手は大学時代の彼女らしく、四年間付き合ったし遅かれ早かれ結婚はしていただろう、と言っていたという。

その話を聞いて、彼女は桃子を振って付き合った相手なのだとわかった。価値観云々言っていたくせに、結局近くにいた同級生に心変わりしただけだったのか、と。

「そうなんだあ」と笑顔を見せたものの、心の中はぐちゃぐちゃだった。

未練があるわけではないのに、惨めだった。約五年の間に突然大人になった彼に対して、なにも変わっていない自分が恥ずかしかった。もしも自分があのまま大学に進んでいれば、彼の相手は自分だったのかもしれない、なんてバカみたいなことを考えた。

制服とカバン、そしてお揃いで買ったキーホルダーを見つけたのは、その話を聞いた直後だ。きっと、彼はもうこの存在を覚えていないだろう。もしかしたら捨ててしまったかもしれない。そう思うと、当時と同じ状態で残されている思い出が、憐《あわ》れなガラクタに感じた。自分だっていままで瀬野のこともこれらの思い出の品も忘れていたくせに。

けれどそれも、いつの間にか綺麗になくなっていたらしい。自然と彼の話題を自分から振れるし、「彼は結婚するのにね」と笑って話せる日が来るとは思わなかった。ふたりも桃子が笑っていることに心から安心したように見えた。

「じゃあ、ほかには？　桃子にはときめきとかもないわけー？」

「ときめき、ねえ……」

その瞬間、翠の顔が浮かんだ。

子どものように顔をくしゃりとつぶして笑う姿に、歯を食いしばって耐える横顔、そして夢を諦めながらも未来に希望を抱く瞳。

「ないよ、そんなの」

そう言いながら、心臓がとくとくと早鐘を打つのを感じていた。顔が赤いのは、お酒のせいだと信じたい。そうでなければいけない。

◇

蒼甫たちと話すときと翠と話すときは、空気とか気持ちとか、目に見えないなにかがちょっと違っているのを桃子は感じる。

蒼甫や優一や大輝との会話はとても気楽で楽しく、昼間笑わないのが嘘みたいに声を出してお腹を抱えて笑ってしまう。でも、翠が相手だと桃子は少し緊張する。穏やかであたたかいけれど、同時に苦しくて目を逸らしたくもなる。

その理由を探すことは、あえてしないようにしていた。

昨日も公園でみんなと過ごした。いつものように他愛ない会話をして笑う。現実を忘れることのできる、桃子にとっての夢の国での時間だ。そして、帰る間際、翠に言われた。

――『明日も会えない？』

その声が鼓膜に残っている。

「なにぼーっとしてんの、お姉ちゃん」

「……っわ！」

介護施設内にある水道で今週父の元同僚の人が持ってきてくれた花の水を入れ替えていると、背後から美子が顔をのぞかせた。驚きのあまり花瓶を落としそうになってしまう。ギリギリのところで再キャッチして、「驚かさないでよ」と振り返ると、美子は怪訝な顔をする。

「花瓶から水溢れまくってたけど？」

「え？　あ、ちょっと、考えごとしてただけ」

言われてみれば、自分の手も溢れた水によってびちゃびちゃになっている。翠のことを考えていて、まったく気づかなかったことを誤魔化すように豪快に花瓶を洗い直して、花を活けた。

今日は久々に美子とともに父親の介護施設を訪れていた。桃子が週に三回ほど来るのに対して、美子はだいたい月に二回ほど。それでも、正直ひとりよりもふたりのほうが息苦しさはマシに感じるからありがたかった。父を家で介護できない理由を叔母にはああ言ったけれど、本当は毎日あの弱々しい父親の顔を見て暮らすことに自信がないのだ。

いまでも、ここに来る前は体が鉛のように重くなるくらいなのだから。

病室まで並んで歩いていると、美子が「ねえ」と珍しく覇気のない声で呼びかけてきた。

「疲れてるんじゃないの、お姉ちゃん」

「大丈夫だよ。私よりも美子のほうが毎日学校行って夜まで働いているじゃない。たまにはゆっくり過ごさないと体壊すよ」

でも、美子の言うように少しずつ疲れは蓄積されている。ただ、それは働きすぎや父の様子を見にいっていることや家事だけが原因ではない。むしろ精神的には前よりも元気になっただろう。

原因はどう考えても土曜日の夜に出かけていることだ。それだけのことなのに、疲労を感じる。そんな自分は、彼ら高校生とは違うのだと思い知らされる。

心配そうに眉を下げる美子に苦笑して「大丈夫だって」と念を押した。

「美子はなにも心配しないでいいんだよ。大学だって行きたいところに行けばいいんだから。まあ……できれば国公立でお願いしたいところだけど」

「その話なんだけど」

「時本さん、こんにちは」

美子がなにかを言いかけたとき、通りすがりの職員の女性に頭をぺこりと下げられた。つられるようにふたりで会釈をする。

「お父様、ちょっと風邪気味みたいですね。熱が少し。気をつけて見ておきますね」

「ありがとうございます。じゃあ、私たちも今日は早めに切り上げますね」

さっき顔を合わせたときにはまったく気づかなかった。運動不足で体力も落ちているから免疫力も低下しているのかもしれない。予定ではあと小一時間は話をして父親の気分転換を、と思っていたけれど帰ったほうがよさそうだ。

丁寧に教えてくれたことに感謝を伝えて別れる。

「なんの話してたっけ？」

「いや、なんでもない」

「そう？　そういえば、美子は今晩もバイトに行くの？」

訊くと美子は頷いてそれ以上なにも言わなかった。

桃子は今夜、美子がいないことに少しほっとする。けれど、本当にいいのだろうかという不安がずっと消えず、胸に居座っている。

昨日、翠に誘われた。

桃子の目を見据えて言った翠の顔を、目を瞑れば容易に思い出せる。あの顔を、彼から醸《かも》し出されてくるあの空気を、熱を、桃子は知っている。

学生時代に抱いた恋心が刺激されるのがわかった。

翠は、自分に少なからず好意を抱いている。うぬぼれでも自意識過剰でもなく、確信だった。それに対して嬉しい、と苦しい、を同じだけ感じた。

なにも考えずに「うん」と返事をしてしまったことに、じわじわと後悔が襲う。

行かないほうがいい。これ以上親密な関係にはならないほうがいい。翠は十七歳。そして自分は二十三歳。犯罪にだってなりうる関係だ。しかも、翠は桃子のことを同じ高校生だと思っている。この嘘を打ち明けるつもりはない。バレるくらいなら、もう二度と会わないほうがマシだ。あんな恥ずかしくてみっともない、惨めで現実を見ることができない制服姿なんて、誰にも晒したくない。

けれど、もう一度あの瞬間に戻ったとしても桃子は同じように頷いていただろうこともわかっていた。

桃子自身も、翠に惹かれているから。

彼の隣にいたいと、そう願う気持ちが、ただの母性ではないことくらいわかっている。

「お姉ちゃん、これ、ここでいい？」

病室にたどり着いて、美子が桃子の手にしていた花瓶を受け取りサイドテーブルに置いた。そのそばで父親が眠っている。たしかにいつもよりも少し顔が赤いかもしれない。

母親が亡くなったとき、悲しむ桃子と美子を抱きしめて「父さんがお前らを守るから、お前らも父さんを守ってくれ」と涙を我慢しながら言ってくれた。桃子の作った黒焦げのハンバーグを、うまいうまいと言って食べてくれた。バレンタインに美子からもらったコンビニのチョコレートをもったいないと一ヶ月も保管して、桃子の手作りのチョコレートは彼氏に嫉妬して食べてくれなかった。

昔から写真が好きだったけれど、母が亡くなってからはとくに、ことあるごとに桃子と美子の写真を撮った。正直、面倒くさいほどに。

一度、どうしてそんなに写真を撮るのかと訊いたことがある。

「母さんも、桃子と美子の成長した姿が見たいだろうからな」

父親はそう言って、涙を浮かべながら笑った。父親は、撮った写真をすべてちゃんと出力しアルバムにまとめて、母親の仏壇にそっと置いていた。

喜怒哀楽のわかりやすい父親だった。桃子は父親のことを大事に思っていた。

でも、もうそんな姿を見ることはできない。意思疎通もままならなくなってきて、最近では眠っていることも増えた。同年代でも元気なおじさんたちはたくさんいるのに、桃子の父親はもう、自力でベッドから立ち上がることもできない。

ここにいる人は、いったい誰なのだろうか。

もし、いまここにいる父親がいなくなれば——もう少し自由に生きられるのだろうか。

「……最低だな、私」

けれど、いままで何度も脳裏をよぎった思いだ。

一度でもその気持ちに気づいてしまうと、なかったことにはできなかった。


でも。

翠に惹かれているのであれば、彼のためにももう会わないほうがいい。冷静に考えれば、そうするしかない。そうすべきことはわかっている。

大人として答えはすでに出ているのに、桃子はその思考に従えなかった。

「桃子、お待たせ」

急いで来たのだろう。翠は少し呼吸を乱しながら満面の笑みを見せる。桃子は手を振って彼に応えた。

いつものようにのんびりと並んで歩きながら、話をする。好きな食べ物だったり、映画、マンガ、お菓子のこと。いまはくだらない話の一つひとつが愛おしい。

「今日はレジャーシート持ってきた」

いつもの場所に着いて、桃子はカバンから取り出したレジャーシートを広げて地面に敷いた。こうすればゆっくり座って話すことができる。翠も「うわあすげえ」と言ってその上に腰を下ろした。

「立ちっぱなしじゃしんどいよな、やっぱり。思いつかなかった」

「これなら寝っ転がっても大丈夫だよ」

翠の隣に座り、そのまま体を倒して空を仰ぐ。翠も同じように横になって星の見えない夜空を見つめた。

「星座って桃子わかる？」

「わかんない。なんか、適当に作ったんじゃないのって思っちゃうんだよね。星を見るのは好きだけど」

「はは、おれも。オリオン座くらいしか見つけらんねえ」

目が慣れてくると、少しだけ星を見つけることができた。それを勝手につなぎ合わせて架空の星座を作り上げる。街の光がすべて消えたら、きっと降り注ぐような星空が広がっているのだろう。

「見える星の数が、未来の数みたい」

ひとりごちると、それを聞いていた翠が「なんかいいじゃん、それ」と笑った。

「昔はもっと暗くて、すげえ綺麗に見えていたんだろうな」

「迷わないのは、羨ましいな」

いまの桃子には、ほとんどの星――未来がぼやけて見える。その中で、ひとつだけくっきりと光る星に手を伸ばした。たったひとつだけ迷わず見つけられる星――多分、北極星。まるで自分を導いてくれるようなその強い光は、桃子にとっての翠みたいに思えた。

「なあ、桃子」

「んー？」

「桃子の写真、撮ってもいい？」

翠がむくっと体を起こして一眼レフに手をかけた。桃子は無言で首を振り拒否を示す。

「写真、嫌い？」

「写真映り悪いから苦手なの」

本当は嫌いでも苦手でもない。いまのこの姿を、残したくないだけ。それ以上に、フラッシュをたかれたら、本当の自分がバレてしまいそうだから。

いくら童顔でも、二十三歳の自分が高校生のフリを完璧にできているとは思っていない。見知らぬ営業マンも、ただ制服を着ていたから深く考えていなかっただけに違いない。光を当てられたら、なにもかもが現役高校生とは違うはずだ。

「おれなら絶対かわいく撮れるのに」

「すごい自信だなあ。翠こそ、なんで私なんかの写真を撮りたがるの」

「好きなものを、残したいんだ」

なにげなく聞いた内容に、翠はあっさりと答えた。えー、と言いながらくすくす笑ったけれど、ふと「好き」の単語に気づいて黙り込む。

「え？」

「へ？」

翠も自分の発言に気づいていなかったのか、体を少し起こして目を剝《む》く桃子に素っ頓狂な声を上げる。そして、じわじわと色が染みるように顔を赤くした、ように見えた。

「え、あ！　そ、そういう意味じゃなくて！　その……」

手をぶんぶんと顔の前で振り否定するけれど、それも次第に力が抜けていく。がっくりと項垂《うなだ》れるように地面を見つめてから、

「そういう、意味、だと思う」

小さな声で、暗闇でもはっきりわかるほど顔を真っ赤にして言った。

風が、草木を揺らして心地よい音を奏でる。ふたりの髪の毛を優しく撫でるように通り過ぎる。制服のスカートが少しだけ捲《まく》れた。

桃子は体から力を抜いて、顔を両手で覆いながら再び横になる。

「桃子……？」

翠の声は、戸惑いを孕《はら》んでいた。桃子の手では隠しきれない涙がすうっと横に流れ落ちる。静かに音もなく顔を濡らしていく。

「なんで泣くんだよ、桃子」

なにか言いたくても、うまく声が出せなかった。

嬉しい。これほど嬉しいことはない。

真っ赤な顔を向ける翠が愛しい。真っ直ぐなその瞳に自分が映っている。

――わたしも、翠のことが、好きだ。そう言えたら桃子は幸せに満たされることだろう。

でも、自分にはその資格がない。これほど悲しいことはない。

本当に、高校生ならよかったのに。

翠と同い年で、同じ時間を過ごせる立場ならよかったのに。いまの翠の隣に、子どもだった自分で隣に並んでいたかった。

返す言葉がない。拒否することも受け入れることもできない。

桃子の本当の姿を知ったら、翠は幻滅し、さっきの言葉を取り消すだろう。そう考えると胸が引き裂かれそうなほど痛み、苦しくなる。

翠が見ている自分は、偽物の姿だ。

本当の桃子は、ただただ与えられた仕事をこなしながら働き、金銭的な余裕がなく、おしゃれに疎く、無趣味で、父と妹のために過ごす、冴えない大人の女なのだ。

「桃子、泣くなって」

翠が桃子の手を取って、優しく引き上げる。持ち上がった上半身を、翠が両手で受け止める。桃子の目の前に、まだ若い十七歳の翠の顔。困ったように顔を歪ませて「そんなに嫌だったか」と聞く姿に、桃子の涙は止められなくなった。

そうじゃない。そんなわけがない。

でも、受け入れられない。

首を左右に振ると、翠はどう受け止めたのか、壊れものを扱うかのように桃子をそっと抱きしめた。その手を振り払うことなんか、できなかった。気がついたら、彼の背に手を回してぎゅうっと翠の服を握りしめた。

もしも高校生だったら。

父親が倒れなければ。健康であったなら。妹がいなければ。

桃子は嫌悪感で一杯になる。

――こんな自分を好きになってくれるはずがない。

結局帰る時間になるまで、桃子と翠はほとんど会話をせずにただ抱き合っていた。与えられるぬくもりに、幸福感と罪悪感が胸の中で渦巻く。

なにもかも――年齢や環境、すべてを忘れることができれば楽なのに。

◇

どれだけ苦しい日を過ごしても、悩んで眠れない夜を越えても、朝はやってくる。そして仕事に行く。社会人として当然のことだ。月曜日、火曜日、水曜日、と過ごしていけば先週末の出来事が夢だったのではないかと思えてくる。

ただし、勤務中だけ。

今週はまだ父親の顔を見にいけていない。父親の存在を否定するような、身勝手で最低なことを考えてしまったことで、なんとなく顔を合わせづらい。それでもさすがに今日は行かないとならない。昨夜、介護施設から父親の風邪がまだ治っていないのだと連絡があったので、無視するわけにはいかない。洗濯物も溜まっているだろうし、飲み物も買い足しておかなければ。

そんなことを考えていると、いろいろなことが煩わしく思えてきて、ずっと仕事をしているほうが楽なのではないかと感じてくる。なにも考えないで、目の前の業務だけに集中しているほうが、心が平穏だ。

それでも、早く土曜日にならないだろうか。翠に会いたい。そう思う自分もいる。

「なんか今週は無心で仕事片付けてる感じだな」

隣の席の宮澤が、パソコン画面を見たまま話しかけてきて「そうですか？」と桃子も顔を上げずに返事をする。カチカチとキーボードを叩く音を鳴らしながら、勘がいいのは優秀な営業マンだからだろうかと考える。

「時本さんは本当に真面目だなあ」

「仕事中なのでそう見えるだけですよ」

「携帯触ってる姿も見たことないし」

「触る理由がないので。あ、この見積書確認お願いします」

メールでデータを飛ばしながら、なんで今日は外出しないのかと訊きたい気持ちを堪えた。三時に社内にいることなんて滅多にないというのに。

「ああ、これで大丈夫。先方には俺から送っておく」

「ありがとうございます」

宮澤がしみじみと「もう時本さんも二十三歳だっけ」と独り言のように呟いた。はい、と返事をして、さすがに顔を向けた。

「入社したときはまだ十八歳だったんだな」

「そうですね、コネ入社でしたけど」

「……それでも、よく働いてるよ」

いったい宮澤がなんの話をしたいのか、桃子にはさっぱりわからない。そもそも宮澤から世間話なんてされたことがないというのに。怪訝な顔をしながら「はあ」と気の抜けた声で返答する。

「もっと、遊びたかっただろう、十八歳だったら」

少しだけ体が強張るのがわかった。

なにが言いたいのか、確認するのが怖くて「そうかもしれません」と返事になっていない曖昧な言葉を返した。とりあえず、いますぐこの話を終わらせたい。これ以上なにも言わないでほしい。

手のひらにじわりと嫌な汗が浮かんできて、動機が激しくなる。

「あのさ」

と、宮澤が話を続けようとしたとき、タイミングよく社内の電話が鳴り響いた。すぐに受話器に手を伸ばそうとしたものの、宮澤からの視線を感じて引っ込める。代わりに出たのは、後輩女性だ。

「時本さん、お電話です」

「え？　あ、はい」

わざわざ電話を回してもらうなら最初から出ればよかった。そう思いながら「はい、お電話代わりました、時本です」と話す。

電話の相手は、父親のいる介護施設からだった。

◇

あっけないな、というのが、すべてが終わったあとの感想だった。この感想は娘としてどうなのだろうかと、桃子は苦笑をこぼしてしまう。

父親が肺炎で亡くなったのは、五日前のこと。

施設から連絡が入りすぐに搬送されたという病院に駆けつけた。父親はすでに意識が朦《もう》朧《ろう》としていて酸素マスクをしている状態だった。声をかけても反応は鈍かった。医師の説明では、風邪から肺炎にかかったということだ。桃子からの連絡を受けて病院にやってきた美子と、桃子は父親を見守った。それから二日後に、父親は静かに目を閉じた。

正直悲しみに浸る余裕はなかった。やらなければいけないこと、決めなければいけないことが山積みで、そのどれもが一刻を争うものばかり。ばたばたと人に聞いたり手順を調べながら通夜と葬儀の準備を進め、なんとか乗り切ったのが二日前だ。

「ただいまーボタン」

家に帰宅した桃子は、近づいてきたボタンを抱っこしてからリビングのソファに腰を下ろした。目を閉じるとすぐに夢の世界に旅立ってしまいそうなほど瞼も体も重い。

けれど、まだやることはたくさんある。焦っても仕方のない根気のいる作業ばかりなので、今日くらいは肩の力を抜いて過ごさないと、桃子まで倒れてしまいそうだ。すべてが片付くのは数カ月後になるとわかっているからこそ、いまは休むべきだ。

そう思いつつも、明日からすべきことを一つひとつ頭の中にリストアップしていく。来週からは仕事に復帰できるだろうか。

「お姉ちゃん、今日はゆっくりできそうなの？」

「ああ、うん。美子もこんな時期に学校休ませてごめんね」

ボタンを膝に乗せて撫でながら考え事していると、先に返っていた美子が部屋から出てきて、ローテーブルを挟み桃子の向かいに座り込んだ。美子も疲れた顔をしている。

「なんとか乗り切ったから、美子は心配しなくていいよ」

桃子の知らなかった父親の財産もあり、保険金も出たらいまよりは暮らしはマシになりそうだ。ただ、いまは葬儀費用やなにやらで貯金がほとんどなくなってしまったけれど。

しばらく耐えれば余裕ができるだろう。

「お父さん、穏やかな顔してたよね」

「そうだね」

美子とふたりで落ち着いて話をするのは、父親がいなくなってからはじめてだ。お互いに忙しくしていたので泣く暇もなかったな、と思う。まだ十八歳の妹に、思い切り泣かせてあげられなかったことを申し訳なく思いながら家の中を眺めた。

もうこの家に父親が帰ってくることはない。

そう思うと寂しさが実感になって胸を締めつける。けれど、ほっとしているのも事実だ。こんな娘で、父親は悲しんでいるだろうか。

桃子の脳裏に浮かぶ父親は、それでも笑顔だった。自分に都合のいい想像かもしれないけれど、桃子にとって父親はそういう存在だった。

「お父さんも、きっと美子を応援してるよ」

「そのことだけど」

「志望校決まったの？」

そういえばまだ訊いていなかった。とうとう受験に本腰を入れてくれるのだろうかと期待を込めて美子に尋ねる。

「あたし、大学進学するつもりないから」

美子は床に向けていた視線を持ち上げて、真剣な表情ではっきりと口にした。

「……え？　な、なんで？　家計が苦しいとかそういう理由だったら大丈夫だから気にしないで行っていいんだよ」

「もちろん裕福だったら、まあいいかなって思って適当に進学してたかもしれない。でも、お姉ちゃんを必死に働かせてまで、行きたい大学もしたいこともないの」

「それをこれから見つけたらいいじゃない」

思いもよらない発言に、桃子は動揺を隠せなかった。

大学に行きたくないだなんて、理解できない。だって、桃子は行きたかった。遊びたかった、未来を探したかった。だからこそ、美子には絶対そんな思いをさせないようにしなくちゃいけないと、いままで必死に働き家計をやりくりしてきたのだ。

「いま、わたしがバイトしているカフェで、卒業後は契約社員で働こうかと思っているの。いまはカフェの接客やインテリアショップの販売員だけど、いずれ社員登用もしてくれるみたい。そしたら、店舗じゃなくて本部で働ける可能性もあるの。買い付けだったり、オリジナルブランドに携われたり。そういう仕事をしたいなって、思ってる」

「まだ働く必要なんてないじゃない。そのバイトが気に入ったなら、大学に入ってからも続けたらいいじゃない」

どうして焦って社会に出ようとするのか。いまはまだゆっくりすればいい。

「……せっかく大学に行けるんだから」

「大学に行きたかったのは、お姉ちゃんでしょ？」

いらだったように、きつい口調で美子が言った。その直後、美子は少し気まずそうに目を伏せる。そして気持ちを落ち着かせるように深呼吸を数回繰り返してから再び話しはじめた。

「あ、あたしは、働きたいの。お金のためじゃない、って言ったら嘘になるけど、でも、本当に大学に行く理由がないの」

「理由なんて、気にしなくても」

「あたしが、嫌なの。大学に行くよりもしたいことがあるの」

わからない。桃子には美子がそんなことを考える理由が見当たらない。なんで大学に行かないの。桃子はそのために、自分の好きなものは一切買わずに貯金してきたのに。桃子のように大学に行けない状況ではないのに。美子は好きなことができるのに。

「……そんなの、ずるいじゃない」

こぼれ落ちる本音を止めることができなかった。

「じゃあ、どうして私は大学に行けなかったの？　一所懸命勉強して受かったっていうのに、どうして。美子は行けるんだよ、大学に通えるんだよ」

羨ましかった。本当は自分が美子の立場になりたかった。

通うはずだった大学のパンフレットをゴミ箱に捨てて、代わりにリクルートスーツを買って面接に行った日のことを思い出す。待ち遠しかったはずの春は、桃子にとって苦い思い出しか残らなかった。

「お姉ちゃん……」

「美子が働けばよかったのに！　私じゃなくて、美子が……！」

桃子の声に驚いたのか、ボタンが体をビクつかせ、逃げるように桃子の膝から飛び降りてぴゅうっと別の部屋に入ってしまった。

こんなの、八つ当たりだとわかっていた。でも、言わずにはいられない。

時間を戻して、失ったものすべてをもう一度、手に入れさせて。

これほど自分が我慢をしていたことに、いままで気づいていなかった。仕方ないと割り切って、器用にはできなかったけれど、さほど大きな不満もなく五年を過ごしてきたつもりだった。

考えないようにしていただけだった。

その証拠に、この五年、桃子はなにひとつ変わっていない。入社したときと同じ気持ちで、ただ必死に仕事をこなしているだけ。同級生が自分と同じように社会人になって、いままで目を逸らしていた時間を振り返ると、なにも変わっていない自分が、同じ場所に突っ立っているだけであることを思い知ったのだ。

「絶対、許さない。美子は大学に行くの！」

受け入れられない。

どうしても、好きなようにしたらいいよ、とは言えなかった。手のひらに爪が食い込むほどきつくこぶしを作り、声を振り絞った。

「なんでよ！」

「なんのために私が必死に働いてきたと思ってるのよ！　私の五年間を無駄にしないで。無意味なものにさせないで。いままで姉として美子のためにこんなに頑張ってきたのに」

「あたしは、そんなこと頼んでない！」

美子は勢いよく立ち上がり、頭上から桃子に向かって叫ぶ。そして踵を返しそのまま玄関のドアを開けて飛び出していった。

ひとり取り残された家の中。

みんなから見捨てられたみたいに、静かで、寂しくて、寒い。

「……なんで」

戻りたい。

毎日ただ楽しく過ごしていただけの子どものころに。

夜になるとずいぶんと冷え込むようになった。

一週空いただけの夜の街は、空気に反して桃子をあたたかく包み込んでくれる。制服姿で逃げ込んでくる桃子を、待っていてくれたみたいに。

いま自分が置かれている状況を考えると、なにをしているんだと叱咤されてもおかしくないだろう。父親が亡くなりまだ一週間足らずで、妹とも喧嘩したあとだ。

でも、だからこそ、ここに逃げたくなった。

なんだか今日は人が多いな、と感じたところで土曜日ではないことに気づく。忌引《きび》きで会社を休んでいたしバタバタしていたので曜日感覚がおかしくなっていたらしい。平日に公園に行ったことは一度もないけれど、みんなはあの場所にいるのだろうか。

とりあえず、以前翠が自転車を止めていた場所を見にいこうと歩いた。近くに交番があるので、いつものように迂回して向かう。と、聞き覚えのある耳障りな自転車のブレーキ音が響いた。少し先に、自転車に乗った少年のシルエットが見えて、桃子は小走りで近づいていく。

「翠」

「っわ！　びっくりした」

大げさなほど体を震わせて翠が振り返った。心臓に手を当てているので相当びっくりしたようだ。

「今日、土曜日じゃないのにどうしたんだよ」

「ちょっと、時間ができたから」

翠の態度がどこかぎこちないことに気づいて、前に好きだと言われてから一度も会っていなかったことを思い出した。しかも、抱き合ったもののちゃんと話もせずに別れたのだ。

「先週も来なかったし、もう来ないかと思った……」

「あ、ちょっと家の用事で……。避けてたとか、そういうのじゃないから」

できるだけいつもよりも明るい声色で、気にしているわけではないことを伝えたけれど、翠の表情はちょっと硬い。父親のことを言えばわかってもらえるかもしれないが、それもまた気を遣わせてしまうだろうと黙っておいた。

「……これからも、来るよ」

「うん」

心細い子どもが、無理をして笑っている。そんなふうに見えた。

でも、よく考えれば当たり前のことだ。勢いみたいな感じではあったけれど、翠は桃子に好きだと口にしてくれた。それに対して桃子はなんの返事もしていない。

そんな翠を、抱きしめたい衝動に駆られる。いま、桃子が翠の胸の中に飛び込めば、彼は桃子の好きな、あのかわいくて優しくあたたかな笑みを向けてくれるはずだ。そして、桃子を抱きしめてくれるだろう。彼の輝く未来に桃子も連れていってもらえるような、安心感を得られることだろう。

でも、そんなことはできない。

おそらく、この先も自分の気持ちを伝えることはしない。少なくとも桃子からは。

なんで、この場所に来てしまったのだろう。冷静に考えれば、もうやめておくべきだった。自分の言動は、好きだと言わないだけで翠に無駄な期待をさせているだけなのではないか。いまさら後悔の念が桃子を襲ってきて、制服姿の自分がすごくみっともなく感じられた。いままでなら奥底に閉じ込めることができていた大人の自分が顔を出して「なにやってんの」と呆れたように呟くのが聞こえてくる。

それでも、桃子の足は家に帰ろうとはしてくれなかった。

「そういえば、さ」

自転車を置いて公園に向かいながら、翠がポケットの中を探る。

「実はこの前渡そうと思ってたんだけど、渡せなくて」

翠が取り出したのは、ちょっとしわくちゃになった小さなクラフトの包装紙だった。隅に小さな赤いリボンがついている。

「一眼レフのお礼、もっとちゃんとしたいなって思ってて。渡しそびれてからずっとポケットに入れてたてよかった」

「私に？」

差し出されたそれを受け取り、桃子は恐るおそる封を開ける。重さはさほどない。おそらく小さななにかだ。シャラリと不思議な音を鳴らして、桃子の手のひらに落ちてくる。

「……バッグ、チャーム？」

キーホルダーかと思ったけれど、おそらくバックにつけるものだろう。リングではなくナスカン仕様になっている。そこから二重になっている華奢《きゃしゃ》なチェーンがキラリと輝く。

そしてその先にひとつの丸い石みたいな樹脂みたいなものがついていた。暗いのでよく見えないけれど、青みがかっているような気がする。目を凝らしてみると、石みたいなものの中に不思議な柄が見える。そしてそばには猫っぽい形の小さな飾りが揺れていた。

全体的にアンティーク感のある、凝った金属が使用されているのがわかる。細かな部分までデザインされていて、高級感があった。

桃子はこれをどういう気持ちで受け取ればいいのか、わからなかった。

「これ……どうしたの？」

「あんまりいいもんじゃないんだけど、おれにはこのくらいしかできないから」

恥ずかしそうに目を伏せる翠に、嫌な予感が広がる。

「これ、買ったの？」

「え？　ああ、まあ。ちょっと人に聞いたり、学校で調べたりしてなんとか。そういうのって見てるとあれもこれも気になるんだよな」

そのお金は、どうしたのだろうか。もしかして、いままで貯めていたお金で、こんなプレゼントを桃子のために買ったのだろうか。

「なんで、こんなことするの」

受け取ったばかりのプレゼントを再び包装紙の中に戻し、翠の胸に押しつけるようにして返した。

「お金は、翠のために使ってって言ったじゃない。なんで私なんかのために使うの。お礼はあの日、あの場所に連れていってくれたことで終わったはずじゃなかったの？　なんで、自分のために使わないの」

　こんなことをしてほしくない。

　翠は翠のために頑張っていたのではないか。少ないお金だけれど、少しでも自分で稼ぎたいのだと、そう言っていたはずなのに。

「こんなくだらないことにお金を使ってほしくなかった……」

　自分が翠のそばにいるせいで、翠の大事にしていたお金がなくなってしまったのだと思うと、悔しくて仕方がない。

「……でも」

「あのとき自分のために、未来の可能性のために使ってねって言ったじゃない！　こんな、くだらないことのために使うことが翠のなにになるのよ！」

　受け取れるわけがない。

　受け取ってはいけない。

　なんでみんな未来のことを考えないの。翠も、美子も、蒼甫たちだってそうだ。いまこのときだけを楽しんで、先のことをよく考えずに過ごして、その場の勢いで行動に移す。

　後悔するかもしれないのに。

　大人の自分はそれを知っているのに、どれだけ伝えても、わかってくれない。

　悔しくて歯痒くて、いらいらする。

「そういうところが、子どもなのよ！」

思い切り叫び、はあっと息を吐き出す。

完全に八つ当たりだと気づいたのは、沈黙に包まれてからだった。

でも、ショックだった気持ちは本当だ。

怒ってはいるけれど、せっかく買ってきてくれた相手にぶつける言葉ではなかった。感情任せに言うべきではなかった。これではどちらが子どもかわからない。

かといって、翠に押しつけているこの手をいまさら引っ込めることはできない。

「あの、ご」

「……ごめん」

せめてもう少しちゃんとじっくりと話さなくては、と謝ろうとする。けれど、それを遮るように翠が謝罪の言葉を口にした。桃子の手に触れて、包装紙を受け取る。

いまにも泣きそうな顔で微笑んでいる翠を見て、桃子の体から力が抜けていく。

「みど、り」

「桃子の言う通りだ、ごめん」

バカにみたいに突っ立っている桃子を置いて、翠は背を向けて歩き出した。なにも言わずに帰ろうとしている。

「ま、待って翠」

引き止める桃子の声は翠には届いていないかのように、自転車にまたがった。ペダルを踏み込み、ぐん、と加速して遠ざかろうとする後ろ姿。

「翠！」

桃子が叫んだ瞬間、翠の体ががくんと傾き地面に倒れた。転んでしまったのかと思い、桃子は彼に駆け寄る。地面で顔を擦ってしまったのか、翠の頬に擦り傷ができていた。

「ボロ自転車……」

翠が地面に座り込み、舌打ち交じりに悪態をついた。そばにあった自転車のチェーンが見事に外れていたので、これが原因らしい。一度帰ろうとした手前、翠は拗ねたように俯いていたけれど、桃子にとってはこの状況がありがたい。カバンからハンカチを取り出して翠の頬に当てながら改めて「ごめん」と謝る。

目の前に、翠の顔がある。

潤んだ瞳の先に、自分の顔が映り込んでいるのが見える。

「好きだよ、翠」

気がついたら口にしていた。

次の瞬間、桃子の視界に飛び込んできたのは、一台のバイクだった。

響き渡るブレーキ音と、滑るように転がっていく人影。桃子の目の前ギリギリで動きを止めた大型バイク。そして、地面に力なく倒れている翠。瞬きをしたそのコンマ数秒の間に、桃子に見える世界が一転した。

一瞬の出来事に、桃子の体は僅かも動けないままだった。

――いったい、なにが起こったのか。

「どうしたんだ！　大丈夫か、きみたち！」

大きな音がしたからか、近くにあった交番から慌てた様子で警官が近づいてきた。倒れたバイクの脇に呆然と佇《たたず》む、運転していたらしき人に声をかける人、そして翠に近づく人。

「おい！　聞こえるか！」

呼びかけられているのに、翠の体はピクリとも動かなかった。

翠、なのだと思う。数秒前まで目の前にいたはずの翠だ。なのに、どうして地面に横たわっているのか。さっきまで自分の見ていたものが夢だったのか、もしくはいまの目の前の光景が夢なのかもしれない。

なにが起こっているのか、わからない。どんどん周りに人が集まってくることはわかるのに、桃子は身動きが取れない。

「きみは大丈夫か」

けれど、警官の声と揺さぶられる体に、状況が徐々に理解できてくる。すると、今度は体がガタガタと震え出した。

あのとき、桃子よりも先に突っ込んでくるバイクに気づいた翠は、とっさに桃子を突き飛ばしたのだ。そして地面に尻餅をつくと同時に、桃子の視界の先が一転した――。

体に力がまったく入らず、人形のように呆然と座り込んでいた。体だけがぶるぶると、寒さに耐えるように震えていて、指先から凍っていくみたいに全身が冷たかった。

「おい、桃子！　桃子！」

肩をバシバシと何度か叩かれて、やっと顔が少しだけ動く。

「どうしたんだよ！」

いつの間にか蒼甫と真琴がそばに立っていた。その後ろに優一も見える。どうしてここにいるんだろう、とぼんやり考えながら「なん、で」と声が出た。彼らを見て、桃子の体温が少しだけ戻っていく。

「なんかすごい音したから来たんだけど、なにがあったの？　あれ、翠だよね」

「翠、大丈夫なのか？」

「わ、わかんな、い」

「桃子は？　どこか怪我したりしてないか？」

私は大丈夫、と声にならない声を発しながら頭を振った。遠くから、救急車のサイレンが聞こえる。次第に近づいてくる音に、周りの人が道を開けていく。

翠は担架に乗せられて、そのまま運ばれていった。

いま目の前で起こっていることは、現実なのだろうか。夢なのではないだろうか。桃子は小さくなっていく救急車を見送りながら、夢なら早く覚めたらいいのに、と心の中で呟く。

手先にふっとなにかが触れて、かさりと音が鳴った。手にするとさっき翠からもらったプレゼントの入った包装紙だ。それを無意識に引き寄せ、両手でぎゅっと握りしめた。

「きみたち、彼と友だちだよね」

警官のひとりが、桃子たちに近づいて訊いてくる。蒼甫がこくんと頷き「翠、大丈夫ですか？」と尋ねるけれど返事はもらえなかった。

「あの子の名前、みどり、って言うんだね。名字は？　連絡先とかわかるかな」

顔を見合わせてから、みんな小首を傾げる。

誰も、知らない。桃子も蒼甫も、みんな翠という名前以外なにも知らなかった。翠という名前が本名かどうかすらも。

「……友だちじゃないの？」

「まあ、そうなんですけど。なんというか、たまたま出会った関係っていうか」

蒼甫が説明をすると、警官は怪訝な顔をして「きみたち、あの公園の子らか」と目を鋭くさせた。

「苦情が来てるんだよ。夜、ガラの悪い学生がたむろってるって」

「いやあ、どうかなあ。よくわかんないっすけど」

「学生証？　見せて。親に連絡するから」

「なんでだよ、意味がわかんねえ。なにもしてないのにそんなことする権利あんのかよ、見せるわけねえだろ」

差し出された警官の手を軽く振り払い、蒼甫と警官の間に優一が割り込んだ。

「こんな夜に高校生だけで出歩くもんじゃない」

「まだ九時にもなってねえって。いまどきバイトや予備校でもっと遅い時間にも出歩いてるっつーの。むしろ俺らなんか健全なほうだろ」

ふたりが話しているのを見上げていると、真琴がそっと桃子の肩に手を載せて「とりあえず、桃子も病院行ったほうがいいかも」と言った。彼女の手を借りて、ゆっくりと体を持ち上げる。手のひらに擦り傷があり、じくじくと痛むけれど、病院に行くほどではなさそうだ。

「とりあえず名前を言いなさい」

「言わねえよ」

蒼甫はそっぽを向いたまま答えた。そして、震える桃子の肩に自分の着ていたパーカーをそっとかける。桃子はかすれた声で「ありがとう」と言った。

警官は呆れた様子で桃子たちを眺める。これ以上問い詰めてもなにも答えてくれないだろうという予感に頭を悩ませているようだった。けれど、ふと視線をどこかに集中させてから「きみ」と蒼甫を、いや、蒼甫のカッターシャツの胸元を指した。

「きみ、清涼《せいりよう》高校なのか。胸元のその校章って……清涼だよな」

高校名に、蒼甫の顔色が変わった。

桃子も清涼の名前は聞いたことがある。県内で一番偏差値のいい私立高校だ。噂によるとそれだけではなく、かなりのお金持ちでないと入れないほど学費が高いらしい。

蒼甫が、清涼の生徒？

たしかに蒼甫のシャツの胸元には校章が刺繍されたワッペンがついている。蒼甫はいつもシャツの上にパーカーを羽織っていたので気づかなかった。いや、隠していたのだろう。思わず隣にいた真琴を見ると、肩をすくめて苦笑した。真琴はさすがに彼女なので知っていたらしい。けれど、優一も驚いているようには見えなかった。

まるで名探偵のように、警官が勝ち誇った顔をしている。

「なんなら学校に連絡してもいいんだぞ。大問題になるんじゃないか」

いままで強気だった蒼甫が、悔しそうに顔を歪ませている。バレてしまったら相当都合が悪いのだろうと、桃子には察することができた。

目の前が真っ暗になる。

なにもかもが壊れてしまう。翠も、この場所も、失われてしまう。そんな予感が広がる。

しかも、その原因はすべて自分にあるのだ。くだらない八つ当たりで翠を事故に遭わせてしまった。その結果、蒼甫たちにも影響を与えてしまうかもしれない。そもそも、制服を来て彼らに交ざったことから問題だったのだ。

私のせいで。

私のせいだ。

「ま、待ってください」

桃子は真琴から離れて、ひとりで警官に近づいた。そばに転がっていた自分のカバンを手にして、中を探りながら足を止める。

「この子たちは、なにも悪いことをしていません」

「いや、きみも」

「私は、この子たちの、保護者です」

そして財布を取り出すと、中から一枚のカードを警官に向けて見せた。警官は首をひねりながらそれを――運転免許証を確認する。桃子が伝えようとしていることに気がついたのか、何度も免許証の写真と桃子を見比べて、眉をひそめてから指を折って数える。

桃子の年齢に、気づいたのだろう。

「あんた……なんで、制服なんて」

信じられないものを見るような目を向けられたので、思わず苦笑してしまう。

「未成年だけの集まりじゃないです。私がそばにいたので、彼らにはなんの問題もないです」

あえて、蒼甫や真琴のほうは見なかった。見られるはずがなかった。

「時本桃子、二十三歳。なにか問題がありますか？」

警官は目を丸くしてから呆れたようにため息をついて、桃子に免許証を返す。そして翠が運ばれたと思われる病院名を告げて、「とりあえずあとで話を訊かせてもらうよ」と背を向け去っていく。

「ごめんね」

呆然としている蒼甫たちに振り返り、力なく笑ってみせる。

でも、恥ずかしいよりも、守れるものを見捨てるほうがかっこ悪いと思った。すべてをさらけ出してでも、ちゃんとギリギリだけれど彼らを守ることができた。

そんな自分にほっとしていた。

III

二十四時の
二十三歳

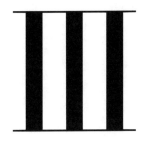

すぐに病院に向かいたかったものの、一応話を訊かせてくれと言われていたので交番に立ち寄り事故の状況を説明した。といっても、桃子にも一瞬のことでなにがあったのかはわからなかったのだけれど。むしろ警官に教えてもらったくらいだ。

道端に座っていた桃子と翠にも問題があったものの、直接的な原因はバイクのスリップらしい。十字路に差しかかる直前、脇見運転をしてしまった運転手がバランスを崩し、そのままの勢いで翠に衝突した、ということだ。運転していた人に大きな怪我はなかったようで、しばらく警官と話をしてから念のため、翠と同じ病院に向かったという。

細かな手続きや現場検証はまた後日に、ということになり話が終わった後、桃子は待っていてくれた蒼甫とふたりで病院に駆けつけた。真琴もほかのみんなも心配していたらしいけれど、何時になるかわからないし、大勢で病院に押しかけるのもまずいだろうと、代表して蒼甫が様子を見にいくことにしたらしい。

病院に着くまで、ふたりとも必要なこと以外なにも言わなかった。桃子も蒼甫にどう思われているのか気にならないわけではなかったけれど、いまはそれ以上に翠がどうなったかのほうが心配だった。おそらく、蒼甫も同じ気持ちだろう。

時間を確認すると、午後十時を少し過ぎていた。当然病院の正面玄関は開いておらず、夜間救急入口から中に入り、光をたどるように翠の元へ向かう。

心を落ち着かせながら、翠の無事を願った。

バイクの運転手が無事だったからといって翠も大丈夫だということにはならない。少なくともさっき運ばれるとき意識はなかった。バイクが目の前にあったので、桃子には翠の状態がよく見えないままに、救急車で連れていかれてしまった。だらりと垂れた手が脳裏に焼きついている。

いや、でも。自動車に撥ねられても打撲で済んでいる人だっている。翠も……きっと気を失っただけですぐに目覚めるはずだ。

どうか、無事でいてくれますように。

無意識に両手を組んで神に祈りながらエレベーターに乗り込む。目を瞑って、元気な翠の姿を想像しようとする。なのに、どうしても思い浮かべることができなくて唇を噛みながら頭を振った。

大丈夫、大丈夫だ。

自分に言い聞かせる。だから、泣くんじゃない、と涙が溢れそうになる自分を叱咤して眉間にシワを寄せた。

エレベーターから降りると、蒼甫は近くを通り過ぎる看護師に声をかけて場所を聞いた。一言二言話して、蒼甫が戻ってくる。

「奥で手術してる、みたい。何時間かかるかわかんないって」

「……酷いの？」

「さあ？　そこまでは教えてくれなかった」

手術、という言葉に心臓がどくんと嫌な音を立てる。

いったい、どんな手術なのだろう。

桃子は父のことがあってから病院が苦手だ。こういう緊急の場合はとくに。翠も父親のように、なにか後遺症が残ったりしたらと思うと、血の気が引く。

重い足取りで廊下の奥に進むと、待合室で暗い顔をして座っている夫婦の姿に気がついた。翠の両親だろう。翠の持ちものから連絡先がわかったのかもしれない。人の気配に顔を上げた女の人は目を真っ赤に充血させていて、すぐに俯く。隣にいた男の人が腰を上げてこちらへ近づいてきた。

体が硬直し、ふたりとも動くことができない。

「翠の父親です」

丁寧に頭を下げた男の人は、ひどく疲れた顔をしていた。

「心配してきてくれたのはありがたいのだけれど、いまは……帰ってもらえたらと」

申し訳なさそうな顔をしているのに、反論は認めないといった頑なな空気を纏っている。

「いまは——僕も、家内も君たちと冷静に話せる心理状態じゃないんだ」

蒼甫は、小さな声で「そうですね」と言ってポケットからレシートらしき紙切れを取り出した。それに数字を書いて「ぼくの、携帯番号です」と言って男の人に手渡す。

「せめて……終わったら連絡をもらえますか？　いろいろ思うことはあるのはわかっているんですけど、ぼくらも翠が、心配なんです」

男の人は蒼甫の携帯番号をしばらく見つめたあと、なにも言わずに頷いてから背中を見せて再び女の人の隣に座った。

翠の両親からすれば、桃子や蒼甫は、夜な夜な息子を遊びに誘ったあまりよくない友だちという分類なのだろう。悪いことはしていないのだからべつに構わないと思うのだけれど、高校生なのだし、心配するのは当然のことだ。

それでも、桃子はここを動きたくなかった。

閉じられたドアの先を見つめながら、もう少し待っていれば翠が笑顔を見せてくれるかもしれない、と思う。いま帰宅したら不安ばかりが募ってしまう。嫌な予感ばかりが膨れ上がってしまう。

足が床に貼りついてしまったかのように動かない桃子の肩を、蒼甫がぽんっと叩く。そしてもう行こうと言いたげに顎を持ち上げた。

自分よりもよっぽど大人な蒼甫の振る舞いに、桃子は唇に歯を立てて、エレベーターに向かう彼についていった。この場に留まりたいと思うのは、桃子のエゴだ。翠の両親のことを思えば、この場にいていいはずがない。

後ろ髪を引かれながら病院から出ると、

「桃子、携帯番号教えて」

と、蒼甫が携帯を手にして聞いてきた。

「進展があったら、俺からみんなに連絡するから」

「あ、うん」

口頭で番号を教えると、すぐにポケットの携帯が震えた。蒼甫がワンコールをしてきたようで、画面に知らない番号が表示されている。それをすぐに電話帳に登録した。

「……ありがとう」

「お礼を言うのは、多分俺のほうだ」

そう言い捨てて、蒼甫は背を向けて駅に向かって歩き出した。立ち去っていく姿を突っ立ったまま眺める。桃子も帰るのならば駅に向かわなければいけない。でも、帰る気になれない。

「桃子？」

ふと隣に桃子がいないことに気がついた蒼甫が振り返る。桃子は「先に、帰って。ちょっと散歩して、帰る」と蒼甫とは反対方向に進んだ。

とくに目的があるわけではないけれど、じっとしていられなかった。

心臓がずっと、ばくばくと体内で鳴り響いている。そのせいか、息苦しい。

途中で足を止めてうずくまりたい衝動に襲われながら、歩き続けた。立ち止まるとなにもかもが壊れてしまいそうに思えて、足を止められなかった。

ふ、と視界に見覚えのある景色が広がっていることに気がつく。なんのあてもないはずだったのに、いつの間にか、自分はいつもみんなで集まっていた公園に向かっていたらしい。どれだけの間歩いていたのかと時計を確認すると、一時間も経っていた。

「この道、前にも歩いたな……」

周りを見渡して、記憶を探る。

たしか、翠に初めてお気に入りの場所に連れていってもらったときに通った道だ。

夢みたいだったな、とひとりごちる。いや、夢であればいいのにと思っているのだ。家に帰り布団に入って眠れば、いままでの日々が悪い夢で、目覚めたらなにもかも元通り、そんな世界であればいい。そうであったら、もう二度と制服を着て翠に会わない覚悟もできる。

そう思うことがただの現実逃避だというのはわかっていたけれど、どこか現実味がない。よく考えると、この一週間でいろいろなことが起こり、変わってしまった。父親が亡くなり、美子と喧嘩をし、そして翠が……。

見慣れた公園に、桃子は明確に意思を持って足を踏み入れた。

数時間前には、ここで蒼甫たちもいつものように笑って過ごしていたはずなのに、いまは人の姿はなく、むしろ侵入を拒絶しているように、しんと静まり返っていた。

何度もここで翠とともに過ごしていたことが、まるで幻だったかのように思える。

外灯の下で佇んでいると、当たり前のことだけれど、ここに人がいたからあたたかな場所だったのだとわかる。ひとりでこんなところにいたって、なにも楽しくないし、冷え込んできた空気が体温を奪っていくだけだ。

もう、誰の声も聞こえない。

ここには、沈黙がうずくまっているだけ。

いつの間にか、桃子の頬に涙が伝っていた。

そのせいでますます体が冷えていく。

自分のせいで、失われてしまった空間。不純物が交ざってしまったせいで、壊れてしまったに違いない。

いつまでもここで、いまが夢であるように願っていたいと思っても、大人の冷静な部分が、こんなことをしても意味がないと脳に伝えてくる。それでもしばらくは足が地面にめり込んでしまったかのように動けなかった。

そして、それも時間が経てば足が痛いと感じはじめてしまう。

しばし立ち尽くし、不安と後悔が冷たい空気の中で凍りついていく。

きっと大丈夫。翠はきっと目を覚ます。たいしたことはない。時間が経てばすべて元に戻るはず。

なんの根拠もないくせに、都合のいい未来を想像してから駅に向かった。

ただ、風に流される雲のように、なにも考えずに電車に乗る。窓からずっと外を眺めて過ごし、気がつくと家の最寄り駅に着いていた。カバンから定期入れを取り出し改札を通る直前で、自分がまだ制服を着ていることに気づいて青ざめた。

まずい。

誰かに見つかる前に着替えを置いてある駅まで戻らないといけない。でも、着替えてまた戻ってくるころには終電ギリギリだろう。下手すると帰宅できない場合もある。

右往左往して、最悪タクシーという手がある、という結論にたどり着いた。とにかくこのままの恰好で家まで帰るのはありえない。マンション内で住人と鉢合わせたら明日には「大人が制服を着てウロウロしていた」という変な噂が広がるかもしれない。

ホームに戻ろうと駆け足で階段を駆け上っていると、ちょうどやってきた電車から降りてきた人たちの群れに巻き込まれてしまった。

そして。

「……お姉ちゃん？」

もっとも見られたくない相手に見つかった。

「……なにしてんの、ほんとに」

とりあえず改札を出て、ひと気のない場所で桃子と美子は向かい合った。このまま家に帰ろうという美子を必死で止めて、暗い歩道で立ち話をしている状態だ。

美子になにをしていたの、と聞かれても桃子にはどう答えていいのかわからなかった。

「いくらなんでも、その恰好はないでしょ」

美子は、はあっと呆れた様子で息を吐き出した。

わかっている。そんなことは桃子だって重々承知のうえだ。だからこそ見つかりたくなかったのだ。

妹に馬鹿にされたように感じて、唇を噛みしめる。

「どうしちゃったの。こんなの誰かに見られたらお姉ちゃんが……」

「わかってるわよ、そんなこと！」

正論を聞きたくなくて、耳をふさいで言葉を遮った。同時に、ぽろりと涙が溢れる。堤防が決壊してしまったかのように、涙が次から次へと溢れて止まらない。妹の前で泣いたことなんていままでほとんどなかったのに。

必死に手で拭って隠そうとしたけれど、無駄だった。

「お姉ちゃん、なんで、泣くの」

「もう、なにも、言わないで。わかってるから、放っておいて」

手の甲で涙を拭いながら美子が差し出した手を避けて拒む。いま触れられたら、もう姉としての立場に戻れなくなるような気がした。

一瞬、沈黙がふたりの間に落ちる。

「そんなことできるわけないでしょー！」

そして美子が声を上げて桃子の両手を摑んで、桃子の涙で濡れた顔をあらわにした。

自分が泣いているから気づかなかった。美子も、瞳を濡らして顔を歪ませていたことに。

「お姉ちゃんがあたしを放っておけないように、あたしだってお姉ちゃんを放っておけるわけないでしょ！」

そしてゆっくりと、桃子の手を握りしめたまま腕を下ろす。お互い向かい合ったままぽろぼろと涙を流し、涙は地面にぽたりと落ちてじわりとシミができた。

駅にやってきた電車の音が聞こえてくる。風の音と、遠くで誰かが話す声に通り過ぎる車のエンジン音。そして、美子の嗚咽《おえつ》。

こうして美子と向かい合って顔を見るのは、久々のような気がした。毎日顔を合わせていたはずなのに、会話だって交わしていたのに、美子の顔ってこんなだったっけ、と思う。

桃子の記憶の中の美子は、小さな妹のままだった。

お転婆で、じっとしていることができずいつも走り回っていた。でも、桃子には懐いていて、桃子のすることをすぐに真似する。桃子と同じようにお絵かきや本読みに手を出してみるものの、結局飽きて途中で放り出す子だった。

母親が倒れた日、美子はまだ小学生で、ぽかんとした顔をしていた。けれど、徐々に不安を抱き、夜になるとよく桃子のベッドに潜り込んできて「お母さんは治るの？」「いつ戻ってくるの？」と何度も聞いてきた。亡くなったときはわんわん泣いて、桃子はずっと抱きしめていた。父親が病院に運ばれたときは、泣きはしなかったけれどずっと不安そうに桃子の手を握りしめていた。

――『大丈夫だよ、美子にはお姉ちゃんがいるからね』

――『美子のことは、お姉ちゃんが守るから』

美子はずっと、桃子にとって守るべき妹だった。だから、いつまでも小さな子どもだと思い込んでいたのだ。

「お姉ちゃん、あたし、もう十八歳だよ」

そう言って、目の前で歯を食いしばる美子の姿は、桃子の知っている美子よりずっと、大人でしっかりしているように映る。泣いているのに、力強い眼差し。

「なんで、なにも言ってくれないの？　ひとりで抱え込もうとするの？　そりゃ、まだ高校生のあたしなんかじゃ、お姉ちゃんを守ることはできないかもしれないけど、でも、支えになるくらいならできるかもしれないのに」

毎日見ていたはずなのに、なにも見えていなかった。

よく考えればわかったはずだ。桃子が就職することを決めたのは十八歳で、いまの美子と同じ年齢だった。大学に行きたかったけれど、それよりも家族を守ろうと、最終的に決断したのは自分だった。

あのときの自分はちゃんと決断できた。自分で自分を子どもだと思っていなかった。

「お姉ちゃん、大学行きなよ」

「……え？」

「あたしなんかが行くより、お姉ちゃんが行ったほうがいい。代わりにあたしが働くから」

思いもよらない提案に、涙がぴたりと止まってしまった。

へ、と間の抜けた声が出て、美子の顔をまじまじと見つめる。

「あたしはもともと勉強も好きじゃないし、そもそもやりたいことがなかったから、いまのバイト先で就職するという話がなくても、行く気はなかった。本当に大学には行かなくていいの」

「でも」

「ずっと我慢してたんでしょ。その、制服まで着て、やり直したいって思ってたんでしょ？　お父さんももういいよって、きっと言ってくれるよ」

もう一度、大学に通う。

そんな発想は一度もしたことがなくて、目からウロコが落ちる思いがした。でも、どう頑張ってもいまの自分が学生に戻る姿がイメージできない。

大学に行きたかった。友だちと同じリズムで歩みたかった。家計のことを気にすることなく過ごしたかった。気を張って仕事をすることもなく、やりたいこともないままお金を稼ぐだけの日々に、漠然と不安と不満を抱いていた。

それは、大学に通いたかったから？

自分に問いかける。

違う、あのとき、あの瞬間、大学に通えていたらと思っていただけだ。

美子が「ね」と同意を求めるように桃子の顔をのぞき込んだ。それに対して、首を振る。

「違うの、もう、いいんだよ」

「でも……お姉ちゃんは」

「本当に、違うの。べつに大学に通いたいわけじゃない。いま――美子がそばにいるってことがわかった、それだけで十分なの」

　体から、すうっと力が抜けていくのがわかる。いままでかなり肩肘を張って過ごしていたのだろう。体も心も、信じられないくらいに軽い。

　その分、忘れてはいけない現状に押しつぶされてしまいそうだけれど。

「ありがとう、ごめんね、美子」

「本当に、いいの？」

「……大丈夫。だから、美子も好きな進路を選んで。いままでごめんね」

　美子はまだ納得できていない様子だったけれど、桃子の笑みに言葉を呑み小さく頷いた。

「じゃあ、とりあえず帰ろう」

「この恰好じゃ帰れないよ。それに、今日は帰らない」

　するりと美子の手から抜け出して、一歩下がる。

「今日は、どうしても行かなくちゃいけない場所があるから。また明日、帰ったら落ち着いて話をしよう」

　そう言って、踵を返して駅の改札に向かった。背後から「お姉ちゃん！」と呼ぶ声が聞こえるけれど、もう一度「ごめんね」と力なく笑って手を振り、駅に向かって走るとちょうどやって来た最終電車に飛び乗った。

あのまま、美子と家に帰ってもよかったかもしれない。

でも、いまのこの歪な恰好をした自分で、あの家に帰って制服を脱いではいけない気がした。

ポケットの携帯電話にはなんの連絡も入ってこない。ということは、翠はいまも頑張っているのだろう。

麻痺していた感覚が、美子と話したことで戻ってきた。

考えるのを放棄するということは、逃げることだ。いままでさんざん目を逸らしてきたからこそ、もう、そんな自分でいたくない。

記憶をたどりながら、翠に教えてもらったお気に入りの場所に向かって、最寄り駅からの道を進んだ。真夜中になって空はいつもよりも黒く深いような気がする。いつもは隣に翠がいたけれど、いまはひとり。それでも怖いとは思わなかった。

やがて見覚えのある草むらを見つけて中に入っていく。そして、翠と何度かやってきた丘に着いて辺りを見回した。

黒猫が黄色の目を光らせて、にゃあん、と鳴いてなにかを訴えてくる。まるで翠はどこかと聞かれているみたいだった。寂しげな黒猫を抱きかかえて、空と地上をともに眺めた。

夜も深いからだろう。いつも見える住宅街の明かりも、心なしか少なく見える。空には相変わらず心もとなくかすかに輝く星がいくつか見える。そのなかに、ひとつだけほかよりひときわ綺麗に輝く北極星。

自分にとって、あの星が翠だった。

ひとりでなんとかしなくてはと、誰にも弱音を見せず、自分でも意識していなかった疲労感を、制服に身を包んで現実から目を逸らすことで誤魔化していた。そして、自分で光の見えない場所に飛び込んだ。

その先で出会ったのが、翠。

翠はいろいろなものを諦めていた桃子に、かすかな希望の光をくれ、照らして導こうとしてくれた。その気持ちが眩しかった。愛おしかった。

けれど、そのすべてが、いまなら逃げていただけだったのだとわかる。だって自分は翠になにもかもを隠して接していた。桃子にとって夜の世界は、現実から逃げて瞼を閉じただけの暗闇だった。翠はその虚空の時間に、眩しいほどの光を与えてくれただけ。暗い世界で、その光を眩しく感じただけのこと。昼間に星が見えないように、目をしっかりと開けて現実を見れば、意味のない光だった。

でも、この彼を想ういまの気持ちが嘘だとは思えない。

間違いなく、自分は翠に救われた。

誰かに助けられたかった。楽になりたかった。

翠は、大人の自分を一瞬でも忘れさせてくれた。

「翠に、会いたい」

だからどうか、彼がまた笑ってくれますように。彼の胸に宿る光が消えてしまいませんように。

いまの自分には、願うことしかできない。

後悔はいくつもある。あのとき、翠にぶつからなければよかった。また会いにいかなければよかった。彼からの好意に気づいた時点で離れればよかった。もしくは、彼の好意を素直に受け止めることができていれば――。

どれかひとつが違っていれば翠はいまも笑っていてくれたはずだ。

いつだって、自分は過去に縋《すが》って逃げていたんだと思い知る。すべては、自分の弱さのせいだった。過去ばかり求めて、戻ることばかり考えて、いま、自分のいるこの場所からやり直そうだなんて思ったことはなかった。美子の言うように本当に大学に行きたかったのなら、これからでもできるはずだった。それを夢見たってよかったのに、ただ、過去に縋った自分。

「もう、逃げないから」

ひとつふたつと光の消えていく夜景に向かって呟いた。

受け止めるから。子どもだった自分の弱さも、現実も、ちゃんと目を逸らさずに見て、これから大人になる。だから。

――翠を、助けて。

どうか、どうか。何度も同じ言葉を心の中で繰り返した。堰を切ったように涙が溢れて止まらなくなった。抱きかかえられたままおとなしくしていた黒猫が、そっと涙に口づけをする。

そのまま地面に座り込み、嗚咽を漏らしながら小さな星に祈りを捧げた。

瞼の裏に見えるのは、夢を語る翠の姿ばかりだ。


いつの間にか眠ってしまったらしく、ポケットの携帯電話の振動でハッと目が覚めた。そばにいたはずの黒猫の姿は見当たらない。空はまだ薄暗いけれど、もう三十分もすれば青空が広がりそうだ。

慌てて携帯を取り出したけれど、着信は切れていた。時間は六時過ぎ。変な体勢で長時間過ごしてしまったからか、体がバキバキと痛む。おまけに一晩外にいたせいで体が冷え切ってしまい、体をすくめた。ぼんやりとした頭の中で誰だろう、と操作をしようとしたところで、翠の容態だ！　と一瞬で覚醒する。着信履歴を確認して、蒼甫の名前に慌ててリダイヤルした。

「はい」

「蒼甫？」

声が聞こえてすぐに呼びかけると「ああ」と静かな声が返ってきた。

「翠……どう？　手術は？」

「詳しいことは俺もわからないけど、とりあえず無事終わったらしい。いまのところ命に別状はないらしいけど、まだ眠ってるってことだけ」

「……そっ、か」

無事だった、その言葉に安堵の涙が浮かび上がる。はあっと体から力を抜いて、胸を押さえた。よかった、よかった、と何度も呟いていると「いまから病院行くけど」と蒼甫が言った。

「面会が九時からで、その、翠の親も話がしたいって。……桃子、どうする？」

躊躇《ため》うような言い方に首を傾げる。もちろん行くに決まっている。翠の顔を見たいのだ、無事をこの目で確認したい。

「桃子は、ちょっと気を遣うというか、気を遣わせるかもしれないっていうか」

「……あ、うん……うん、大丈夫だよ。私から、ちゃんと話をする」

年齢のことを言っているのだと気がついて、蒼甫の優しさを噛みしめながら「大丈夫」ともう一度口にした。

蒼甫たちは未成年なのだから、一番年上の桃子が説明しなければいけない。未成年の中に成人した女性が交ざっていたのだ。ちゃんと謝罪すべきだ。

いまの自分はまだ制服姿。とりあえず病院に行く前に一度コインロッカーのある駅まで戻って着替えなくてはいけない。こんな姿で病院に行ったら翠の両親には不審極まりない相手としか映らないだろう。

昨日制服姿を見られたので、二十三歳だと知られたらどう思われるだろうか。不安が込み上げたけれど、自分のしたことで起こったことだ。いまさら恥ずかしいとかみっともないとか関係ない。そんなことより翠のほうがずっと大事だ。

いまの自分にはそれしかない。

桃子の覚悟を決めた口調に、蒼甫は「わかった」と言って待ち合わせ場所を伝えて電話を切った。

携帯をポケットに入れようとしたところで、足元に落ちている包装紙に気がつく。

翠がくれたもの。そして、事故のあとに手にしてそのまま持っていたもの。せっかく翠がくれたのに、酷いことをした自分を思い出して再び後悔が襲った。

ゆっくりと手を伸ばし、改めてちゃんと中身を確認する。

手のひらにころりと転がったバッグのチャームは、昨日見たときよりも綺麗な色で輝いていた。太陽の光を吸収して内側から光っているのではないかと思えるほどだ。藍色と水色のグラデーションの球体だ。まさかこれほど繊細な色をしているなんて。

もっとよく見ようと太陽にかざしてみると、

「……光、と人影？」

中になにかが入っているのか、ぽつりと白いものが見えた。そして、それを眺めるように座っているふたりの人影がある。アンティークのチェーンには黒猫が一匹ちょこんと添えられていたことで、ここで過ごした桃子と翠をイメージしているのがわかった。

もしかすると、これは翠の手作りではないだろうか。直感的に思う。翠はああ言っていたけれど、桃子に、たったひとつのプレゼントを作ってくれたのかもしれない。しかも、夜には見えない、光が当たらなければ見えないおまけ付きの。

翠がこれにどんな思いを込めたのか、桃子にはわからない。

でも、翠からの真っ直ぐな想いを受け取るには十分すぎる贈りものだ。

目が覚めたら、翠に、すべてを打ち明けよう。

翠は怒るかもしれない、ショックを受けるかもしれない。それでも、自分が翠に対して抱いている気持ちも、ちゃんと伝えたい。

小さな球体の中にいるふたりは、偽物ではなく真実だった。少なくとも、夜のあの時間のふたりはそうだったと、思いたいから。

桃子は翠からのプレゼントを両手でそっと包むと、願いを込めるかのように顔に当ててからカバンにつけた。代わりに、昔の思い出のキーホルダーを外して内ポケットに入れる。

いつも真っ暗だった小さなふたりと一匹だけの世界に、光が差し込む。

「……明るい景色も、綺麗じゃん」

小さな声で呟いてから、今度は昼間に翠と来られたらいいなと思いながら背を向けた。

背後でどこかに行ったと思っていた黒猫が「頑張れよ」とでも言うように、力強い声で鳴いた。

桃子が病院に着くと、ロビーには、蒼甫と真琴、そして優一が待っていた。翠の無事がわかったからか、昨日よりもみんなの表情は少しやわらかくなっている。

「じゃあ行くか」

蒼甫が先頭に立ち、桃子たちを連れて歩いていく。昨晩翠の両親と出会った待合室の近くに病室があり、近くにいた看護師に声をかけて中に入る許可をもらった。翠の容態はまだ予断を許さない状況らしく本来なら、家族以外は面会謝絶らしいが、翠の両親が少しだけでもと頭を下げてくれたらしい。

入り口で両手をアルコール消毒し、マスクをつけて中に入る。いくつものベッドがカーテンで仕切られているだけの病室の一番奥に翠は眠っていた。

翠のそばに座り疲労をにじませている両親に頭を下げる。ふたりは軽い会釈をしてから立ち上がり、桃子たちが翠に近づけるように移動してくれた。

「……おはようございます」

静かに翠は眠っていた。

顔にいくつもの擦り傷と打撲跡があるけれど、顔色はそこまで悪くない。連絡をもらった朝まで手術をしていたのだと思っていたけれど、そうではなかったらしい。真夜中に無事に終わったんだとおじさんが言った。

翠の頬にそっと手を添えると、たしかなぬくもりを感じる。

よかった、本当によかった。

　ほっと胸を撫で下ろすと、安堵の涙がじわりと瞳に溜まっていく。蒼甫たちもやっと表情を緩めて翠の手を握りしめた。

　そういえば光の下でこうやって翠のことを見るのは初めてだ。眠っているからか、いつもよりもずっと幼い顔立ちに見える。

「少し、話してもいいかな？」

　しばらく黙って翠を見つめていると、おじさんが静かな声で桃子たちに言う。振り返れば、穏やかな表情のおじさんの隣には、神妙な顔つきで目を逸らしているおばさんがいる。

　黙って頷き、病室を出ていくおじさんたちのあとを追いかけた。

　なにを言われるかは、わかっている。事故のことを詳しく知りたいのだろう。といっても蒼甫たちはその場にいなかったし、桃子もなにがなんだかわからない状況だった。それでも答えられる質問にはちゃんと答える覚悟をして、桃子はここに来た。

　心を落ち着かせながら、翠の両親の背中を見つめる。

「あなたたちは、翠とどういう関係なの？」

　椅子とテーブルが並べられている談話室に入り、腰を下ろした瞬間におばさんが話を切り出した。その表情は険しい。

「僕たちは、翠くんの友だちです。その、夜に会うだけの関係だったんですけど……友だちでした」蒼甫がしっかりとした口調で話し、隣にいた真琴が「夜だけでしたけど、本当にただ、集まって話をしていただけで」と言葉を付け足す。

なにも知らない人から見れば、高校生から夜に集まるような関係だと言われたら、タバコやお酒をやっていると思われるかもしれない。でも、そういうことはしていない。翠は、みんなは、なにも責められるようなことはしていない。

それを強調するように優一も頷く。

「あなたたち、高校生、よね？」

ぐるりと見まわしたおばさんの視線が桃子を見るときにだけ訝しげなものに変わる。

「――はい」

正面にいた蒼甫がすかさず返事をして、桃子はタイミングを失ってしまった。自分に問われたらはっきりと自分のことと蒼甫たちのことを説明できるのに。ちらりと視線を蒼甫に向けるものの、彼からはなんの反応もない。

「あなたは、翠とお付き合いしているのかしら」

「っえ、あ、いえ……」

突然おばさんの目が桃子を捉えて、桃子だけに聞く。

「お付き合いはしていません、けど」

びくりと体を震わせて曖昧な返事をしてしまう。実は私は二十三歳です。翠は大事な存在です、と言葉を続けようとしたところで、おばさんが顔を歪ませた。

「なんで、翠なの」

なんで、という意味がわからず言葉が出なくなる。

もしかすると翠の両親はすでに桃子の正体を知っているのかもしれない。警官から話を聞いたのかも。

「で、でも、からかったわけじゃ」

「本気だったなら、どうしてもっと、まともな時間に会おうとしてくれなかったの？　年上のあなたたちが、もう少し翠のことを考えて行動してくれたら……翠は事故に遭わなかったかもしれないのに」

年上のあなたたち？

その言葉は桃子だけではなく全員に向けられていた。

「翠は、まだ目を覚まさないんだ」

興奮したおばさんの背に手を添えながら、おじさんが言った。

「昏睡状態のままで、いつ目が覚めるかも、わからない。そして、目が覚めても、体のどこかに麻痺が残る可能性もある」

桃子は息を吞む。脳裏にベッドに横たわる父親の姿が浮かぶ。

おじさんの言葉にこらえきれなくなったのかおばさんの目から涙があふれた。

「あの子はまだ、中学生なのに」

……え？

桃子の思考回路が止まる。

いま、おばさんはなんと言った……？

ゆっくりとゆっくりと、聞こえた言葉を咀嚼《そしゃく》する。

――『まだ、中学生なのに』

翠が、中学生？

高校生ではなかったのか。

中学生ということは、十四歳とか、十五歳くらいだろうか。ということは、桃子とは八歳前後の年の差がある。

桃子の視界がぐらりと揺れる。

――私は、なにを。

いままで翠にたいして自分がなにをしてなにを言い、そして、どんな感情を抱いたのか。思い返せば返すほど、血の気が引いて顔が真っ青になる。

――バカにも、ほどがある。

口を開けて呆然とする桃子の肩に、真琴が優しく触れる。その表情には、なんの戸惑いも現れていなかった。そして「すみませんでした」と蒼甫たちがゆっくりと頭を下げる。

自分だけが、なにも知らなかったのだ。

桃子だけが、なにも見えていなかった。


「本当はずっと気づいていたんだよな」

翠の両親と別れてから、駅までの道のりを無言で歩いていると蒼甫が唐突に立ち止まり、小さな声で言った。

「現役高校生の俺らからすれば、翠も桃子も、異質だったよ。翠は若すぎるし、桃子は落ち着きすぎてる。高校生で若いとか落ち着いていると言われるのとは、別のもの」

うまく説明できないけど、と困ったように笑った。

「……もともと、わたしたちもあの場所で息抜きっていうか、現実を忘れるために集まってたからね」

みんなは、すべて知ったうえで、翠と桃子を迎え入れてくれていた。

「さすがに桃子はもう少し若いと思ってたけど」

と優一が笑った。

夜ならごまかせると思っていた自分が恥ずかしい。けれど、なにも言わずに笑顔で話しかけてくれた彼らに、桃子が救われたのは事実だ。

「みんな、嘘をついてたんだよ」

真琴が静かに言った。

「桃子、みんなのことどう思ってた？」

「……え？」

みんなのこと。改めて訊かれて考えてみる。そして、学生時代特有の悩みを抱えていたり、未来に希望を見いだせなかったり、毎日退屈で仕方がない、だから楽しむ時間を過ごしているというような子たちだろうと思っていたことに気がついた。

つまり、いまどきの、至って普通の高校生。

「蒼甫、高校は全国でもトップクラスの私立に通ってるし、学校ではかなりの優等生でね、将来はお父さんと同じ医者になるんだよ。で、わたしは蒼甫の幼馴染で、不登校なの」

もう一度、え、と声を出してしまう。

蒼甫が優秀なのは、昨日の警官との会話で察することができた。けれど真琴が不登校なのは想像もしていなかった。人懐っこくいつも笑顔だというのに、どうして。

目を剝く桃子に、真琴は「ふふ」となぜか満足そうに笑った。

「はやりの、いじめ。で、高校行くの嫌になったから行ってないの。親もわたしには無関心だし。多分今年留年するから学校も辞めるつもり」

「優一も、普段はぼーっとしてるけど、卒業したらうどん屋継ぐっていうんで、修業中なんだぜ」

蒼甫に話を振られた優一はこくんと頷いた。

メンバーの中でもそこまで喋るほうではなく、どっしり構えている男の子。うどん屋にもよく行っていたので家族仲はいいのだろうと思っていたけれど、うどん屋を継ぐイメージは抱いていなかった。ガタイがいいので、スポーツをしているのだろうと思っていたのだ。

「大輝も、本気で芸人になりたいのに親に反対されてる。ほかの奴らもみんなそんな感じだよ。ただ単に気が合いそうだなってだけで集まったけど」

みんな、それぞれ逃げ出してきていたんだよ、と蒼甫が言葉を付け足す。だから、あの場所ではみんなをするっと仲間に入れて楽しい時間を共有していた。けれど、蒼甫がみんなのことを話すその様子から、知らないところでいろいろな話をしていたのかもしれない。

桃子はずっと、彼らのことをただのいまどきの子としか見ていなかった。悩みはあれど、ただ、いまの一瞬を楽しんでいるだけで、なにも考えていないのではないかと。

けれどそうではなかった。

「見た目だけで、翠のことも私のことも、わかってたの?」

いまだに頭が正常に働かず、桃子がいまさらの質問を口にする。理解はしているのに、会話のテンポについていけない。

「まあ、それもあるけど、確信したのは会話かな。翠は案外子どもっぽいというか、高校生ならできること、バイトとかもできないって言ってたし。桃子は学生らしい会話っていうより、先生みたいだなって」

まったく気づかなかった。

翠とはとくに話をしていたはずだし、蒼甫とそんなことを話した覚えもある。なのに、桃子はなんの違和感も抱かなかった。高校生の妹がいるのだから、比較すればすぐになにかがおかしいことに気づいてもよかったはずだ。

「集まる奴らはみんな、遊ぶためだけに来てるんだけどさ、結局ぽつぽつと話すんだよ。

もしくはお前はどう？　って聞いたりする。でも、ふたりはなにも言わなかったよな」

あの場所では、それが暗黙の了解だと思っていた。

そういう世界にしたのは、自分だった。勝手に一線を引いて、踏み込まれたくないから踏み込まず、そして耳にも入れないで過ごしていたのだ。

思い込みに囚われていた。

太陽の光が頭上から降り注ぎ、影を作る。夜があれば昼もある。当然のことだ。なのに、必死で目を逸らしてきた。

結果、自分は都合のいい解釈しかできないまま誰のことも理解しようとしないまま、薄っぺらい虚構の時間でさまよっていただけだった。

思い返せば、蒼甫は何度か意味深なことを言っていた気もする。

蒼甫はいつだって、翠を弟のようにかわいがっていた。それは、ひとつ年下の後輩ではなく、中学生だと思っていたからだったのだ。

「……大人も、大変なんだな」

優一がひとりごちて、蒼甫がそれを拾い上げる。

「でも、みんな大人になんなきゃいけないんだよなあ」

大人になりたくないと笑っていた彼らは、桃子よりもずっと、ちゃんと、先を見据えていた。

大人になりたくないのは、大人になるのを知っているからだ。

子どもになりたいと願った桃子は、子どもだった。

大人になりたいと言った翠もまた、子どもだった。

どんなに過去に戻りたくても戻れない。成長したくても飛び越えてはいけない。

——どう足掻《あが》いたって自分は高校生には戻れない。

そんなことに、いままで気づかなかった自分が情けない。

その結果が、翠の未来を奪ってしまったかもしれないという事実に打ちのめされる。桃子はその場に膝をついて泣くことしかできなかった。

「翠の目が覚めたら、ちゃんと話しようぜ」

蒼甫がしゃがみ込む桃子の肩に手を載せる。それに対して桃子はぶんぶんと頭を振って答えた。

「大丈夫、翠は、大丈夫」

そうであってほしい。そうでないと自分を許せない。

気づいていれば、翠を守ることができたはずなのだから。

◇

翠の意識は、それから三日後に一度戻ったらしい。蒼甫から連絡があった。

その間、当然会社を休むわけにもいかないので仕事に復帰はしていたけれど、この三日間は初めて携帯をずっと肌身離さずで過ごしていた。電話をもらった瞬間、勢いよく席を立ちトイレに駆け込んだくらいだ。

蒼甫の話によると一般病棟に移ったもののまだ意識が朦朧としていて自分の現状もよく理解できていないという。人と話せる状態にないからと、まだ誰も翠のもとには行っていない。それからまた容態が変わったという話を聞いた。

何度も泣いた。

毎晩翠の無事を願った。

何十回も後悔した。

事故以来一度も翠に会っていないからか、もしくは翠の両親にちゃんと話をしていないからか、ずっと胸にしこりが残っている。翠の両親はまだ桃子のことを高校生だと思っているかもしれない。ちゃんと、謝罪をしたい。かといって、いまこんな話をしたら余計に動揺させてしまうだろう。

ならばいっそこのままでいたほうが、などと考えている間にどんどん時間だけが過ぎていく。

それでも、前に進まなくちゃいけない、と思ったのはさらに一週間以上経ってからだった。これ以上泣いても、翠が助かるわけではない。泣いて翠がなんの後遺症もなく過ごせるのならばいくらでも泣くけれど、そうじゃない。

いまここで逃げたら、結局いままでと一緒だ。

後悔する時間に浸っているほうがずっと楽なのだと、前を向いて初めてわかった。切り捨てるよりも縋りつくほうが、桃子には簡単だったのだ。

それから半月後に翠の容態は安定し、さらに半月が経つころには右手に多少麻痺が残るものの、日常生活に支障はないだろうという状態まで回復したと蒼甫から報告を受けた。

給湯室で携帯を耳に当てながら「よかった」と呟いた。心からよかったとはまだ思えないが、最悪の事態は避けられたことにはほっとする。

「まだ、たまに夢の中にいるみたいな感じで、俺らの話がよくわかんねえときがあるんだけど、だいたいの理解はできてるっぽいかな」

蒼甫が電話越しに明るい声で言った。

翠が目覚めたことで、翠の両親ともずいぶん話をするようになったらしい。桃子も気にせずに早く来いよ、と何度も誘ってくれている。翠はたまに桃子の話をするが、夢と勘違いしているときもあるという。だからこそ、桃子の顔を見たらきっと思い出す、と。

「来週末とか、一緒に翠に会いにいこうぜ」

「……今晩、蒼甫時間ある？　渡したいものがあるの」

蒼甫の誘いに返事はせずに、ただ、会いたいと伝えて約束をした。

「珍しいな、時本さんが就業中に電話なんて」

給湯室から出ると、ちょうと宮澤がいて驚いた顔を見せた。

「もう六時回っているので就業時間は終わりました」

「最後までそっけないな、時本さんは」

く、と喉を鳴らして宮澤さんが目を細める。

この人、こんなふうに笑う人だったのか、と思った。五年間一緒の会社で働き、ここ数年はペアで仕事をしていたのに、宮澤が笑うところを見るのは初めてだ。いや、気づいていなかっただけかもしれない。

出勤最終日にそんなことを思う自分は、本当にバカだと苦笑を洩らす。

「長い間、お世話になりました。宮澤さんのおかげで、成長できました」

丁寧にお辞儀をしてお礼を伝えると、今度は優しく笑う声が聞こえてくる。

「こちらこそ、時本さんにはずいぶん助けられたよ。時本さんは意地でも自分でなんとかしようと思うタイプだったから、仕事覚えが早かった」

そんなふうに思ってもらっていたとは驚いた。事務的なお礼しか言われたことがなく、できて当然と思っているんだろうな、と感じていたのに。

「ただ、人に教えるのは壊滅的に下手くそだったけどな。電話の取り方も教えないし」

「……あ、す、すみません」

「これからも、頑張って」

桃子は今日で退職する。といっても半月ほどは有給消化だけれど、もう会社に来ることはない。

このままではだめだと思ったときに、会社を辞める決意を固めた。辞めなくても、リセットすることはできたかもしれない。でも桃子にはできそうになかった。父のことを知っていて、十八歳のころから見守ってくれた人ばかりの会社は居心地がいいけれど、甘えてしまう。

無理して大人になった場所。ここからちゃんと大人になるには、自分の足で突き進んだと胸を張って言える道を選びたかった。誰も自分を知らない場所で、大人の自分として新しいスタートを切りたいと思ったのだ。大人であると自信を持つために。

美子はもう大丈夫だ。美子がいるから、自分は前に進もうと思えた。

じゃあ、と横を通り過ぎようとすると、「あ」となにかを思い出したような声が聞こえて振り返る。

「時本さん、秋くらいに、息抜きみたいなことしてた?」

——制服姿を、やはり、見られていたようだ。

いままでなにも言わなかったのは、見かけた女子高生が桃子だと確信があったからだろう。

「どうでしょう。忘れました」

にっこりと、いままで見せたことのない笑みを顔に貼りつける。宮澤はちょっと驚いた顔をしてから「そっか」とそれ以上はなにも言わずに唇で弧を描いた。

「十八歳から、よく頑張ったな。いままでお疲れ様」

労《ねぎら》いの言葉が、胸に染みる。

誰かに認めてもらえることで、こんなにも心が軽くなる。ありがとうございました、ともう一度頭を下げてから事務所に戻った。

桃子がいままで使っていたデスクは、綺麗に片付けられている。書類もわかりやすくファイリングしたし、宮澤の仕事の詳細も後輩にすべて引き継いだ。

「じゃあ、お疲れ様でした」

頭を下げて事務所を出ていこうとすると、後輩の女性が「時本さん！」と引き止める。そして「これ」と綺麗にラッピングされたプレゼントとブーケを渡された。

「みんなからの、贈り物です」

中は、色とりどりのネイルセットとかわいいハンドソープとハンドクリームだった。いままでこんなものをもらったことも買ったこともない。小さな宝箱を手にしているようなきらきらした気持ちに満たされる。

「時本さん、手が綺麗だから、もっと綺麗にって勝手に選んじゃいました」

「……ありがとう、ございます」

後輩の女性とは、仕事を引き継ぐ際に会話をするようになった。彼女によると、いままで年下の先輩ということでどう対応していいのかわからなかったという。桃子だけではなかったのだ。が、話しかけると年上とは思えないほど柔らかく笑う人だった。

「一緒にご飯とか行きたかったんですけど、いつも忙しそうで誘えなくて」と肩を落とした。そういえば、と以前声をかけてもらったことを思い出した。あのとき、本当に桃子と食事をしたかったなんて思いもよらなかった。社交辞令だと思い込み、桃子もあのあと、後輩女性を誘うことは一度もなかったし、彼女たちも気を遣っていたのだろう。

「年下だけど、やっぱり仕事が早くて的確で、憧れてました」と力を込めて話してくれたときは、泣きそうになった。

それから、ここ数日は一緒にランチに出かけるようになり、携帯番号も交換した。

もう少し早く話しかけていれば、もっと仲よくなれただろう。一緒に会社の愚痴を言って、仕事の相談をして、そして、私生活の話を聞いてもらうこともできたかもしれない。

すべて、いまさらの話だ。

もらったプレゼントとブーケを持って会社を出ると、冷たい空気が桃子を突き刺す。吐き出す息が白く染まり、どこからかクリスマスソングが聞こえてきた。最近は季節の移り変わりが早い。

今日はそのまま帰宅する予定だったけれど、さきほどの電話で蒼甫と会うことになったので、いつもの公園に向かった。

真っ暗な公園に、寂しげな外灯。もちろん、誰の人影もない。

ここはこんなに暗かっただろうか。もっと、明るいところだと思っていた。そう、感じていただけなのだろうか。

翠が事故に遭ってから、ここに来るのは初めてだ。一ヶ月ほど前のことなのに、足を踏み入れると何年も前のことのように思えた。

「久しぶり、なんか雰囲気違うな」

じゃり、と背後で砂が踏まれる音がして、蒼甫の声が耳に届く。

蒼甫に制服以外の姿を見せるのは初めてだ。今日は黒のコートにサーモンピンクのマフラー、そして膝丈のスカートにタイツにブーティ。いまの桃子は誰がどう見てもオフィスコーデ、成人済みの女性だろう。

「これが、普段の私なの。仕事終わったところだから」

「へーキャリアウーマンってやつ？」

「そんなかっこいいものじゃないよ」

ふーん、と言いながら蒼甫が近づいてくる。学校指定のコートには、たしかに前に聞いた高校のマークが入っていた。

「その花束は？　やけに豪華だけど。なんかお祝いでもあったのかよ」

「まあ、お祝いといえば、そうかもね」

のぞき込んでくる蒼甫の視線から目を逸らし、曖昧に答えた。そして「もうすぐセンター試験じゃないの？　大丈夫？」と話題を変える。それを察したのか、蒼甫は一瞬肩をすくめたように見えた。

「まあね。でも、俺が問題あるわけないじゃん。楽勝だよ。遊んでても勉強はしてたし。で、今日はどうしたの？」

「これを、翠に渡してほしいの」

カバンの中を探り、取り出したのは一枚の封筒。

翠に伝えたいことを書き連ねたものだ。この気持ちを翠に伝えなくちゃいけないと思いどうにか渡さなければと思い持ち歩いていた。けれど、自分の手では渡せそうになかった。病院に行ってさりげなく誰かに託そうかとも思ったけれど、それもできなかった。

ただ単に、渡したくなかった。

これが最後になるとわかっていたから。

やっとこうして蒼甫にお願いしようと決意できたのは、翠の病状が落ち着いてきたからという理由と、桃子自身、現実を受け入れて前を向けるようになったからだ。

「自分で渡せばいいのに」

「もう、翠には会わないから」

「は？」

蒼甫が目を見開く。

「会えないよ。もう会わないほうがいい。翠のためにならないし、私が、会いたくない」

落ち着いた口調を心がけて、一言一句ゆっくりと紡いだ。内心自分に言い聞かせていることが蒼甫にバレませんように、と願いながら目を瞑る。涙が浮かんでいたら、光の反射で蒼甫に気づかれてしまう。

「でも、翠は会いたいだろ。会ってやれよ」

「会ってどうなるの？　十五歳と二十三歳だよ、ありえないでしょう？　高校生ならまだしも中学生って、完全に犯罪じゃない。そんな女に会いたい？　会って二十三歳だけどこれからもよろしくって言われても困るでしょ」

　翠のことを大事に思う気持ちに変わりはないけれど、桃子自身、いままでのように翠と接することはできないだろう。それはきっと翠も同じだ。

　どっちにしても、十五歳の翠に自分は不要な存在でしかない。翠はまだまだ、これからたくさんのものに出会うだろう。そんな彼の好きになった相手が二十三歳だなんて、最悪だとしか言いようがない。自分を騙した、大人なのに制服を着た変な女のことなんて、いなかったことにして忘れ去ったほうがいい。

　いままでの自分が翠にとって大事な存在だったとするなら、なおさらのことだ。

「なによりも――翠に合わせる顔がない」

　自分がいなければ、と、そればかりを考えてしまう。

「なんで」

「蒼甫が、もうここで集まらないのと同じじゃないかな」

　そう言うと、蒼甫はぐっと言葉を詰まらせた。

「なんで知ってんの？」

「あはは、ごめん、カマかけただけ。蒼甫はなんとなく、もう来ていないんじゃないかなって思ったの」

　みんな、夜明けを目指して歩くタイミングが来たのだ。夜に佇んで明日が来ないことをを願うような、現実逃避の時間は、一瞬を楽しむ時間は、終わったのだ。

「センター試験頑張って。いいお医者さんになってね」

「……本当にいいのかよ。翠、絶対諦めないぞ」

大丈夫だよ、と心の中で呟いてから、くるりと振り返り蒼甫に背を向けた。

――これですべてが終わった。

桃子のカバンについている、小さな球体のキーホルダーが月明かりを反射させた。そばにいる黒猫が、見守るように揺れている。

IV

昼間の十五歳

目が覚めたときの気分は、最悪だった。

頭が痛いし、両親には怒られるし、とりあえずなにがなんだかわからなかった。ずっと頭の中に霧がかかっているみたいにはっきりしない。意識も朦朧として、起きている時間がかなり億劫に感じられるほど体がだるい。

おまけに左の指先がずっと変な感覚でうまく動かせない。

そんな日々を何日過ごしたのかわからない。徐々に視界がひらけて自分の状況がわかりだしたのは最近だ。事故に遭った瞬間のことはいまもよく覚えていないけれど、なんとなくどうなってここにいるのか、ということは警察にも何度も聞かされたし、ゆっくりとではあるけれど思い出し、理解していた。その直前——桃子と一緒にいたこともいまは記憶にちゃんとある。

いまでもたまに不思議な感覚に襲われることはまだあるけれど、もうほとんど問題ない。リハビリの先生にもお墨付きをもらった。

「……おれ、いつ退院できんの？」

そばにいた母親に問いかけると「もうすぐよ」ともう何度も聞いた答えが返ってくる。もうベッドから起き上がることもできるし、なんの不自由もなく動けるのに、いったいいつまで入院していないといけないのか。

入院代もタダではないのだ。おまけに翠が入院している間、母親が仕事に出かけている様子もない。

退屈だとか、病院独特の匂いが苦手だとかは些細な問題だ。翠にとっては家のことが心配で落ち着かない。カレンダーを見ると、もう十二月も終わりに近づいている。かれこれ病院で一ヶ月以上過ごしている。

期末試験も受けることができなかったけれど、大丈夫だろうか。内申に響いたら高校受験はどうなるのだろう。翠の家の経済状況では私立なんて絶対に無理だ。

「そんな心配そうな顔しなくても、三学期には行けるから」

うん、と力なく返事をしながら窓の外を眺めた。なにひとつ面白みのない空が広がっているだけのつまらない景色。

ゆっくりじっくり空が夕焼けに染まっていくのを観察しながら、あの場所はいまどうなっているんだろう、と考えた。

「おーっす、翠」

コンコン、とノックの音がしてすぐに蒼甫の明るい声が聞こえてきた。蒼甫の後ろには優一もいる。母親が「いらっしゃい」と振り返り、すぐに「じゃあお母さん、今日は帰るわね」と入れ替わりで出ていった。気を遣ってくれているようだ。

「いつもありがとう」

「いえ、こちらこそ押しかけてすみません」

蒼甫は母親に丁寧に挨拶をする。翠が朦朧としている間も蒼甫はちょくちょくお見舞いにきてくれたらしく、いつの間にか母親とそれなりに親しくなったらしい。

「今日は元気そうじゃねえか」

「ああ、もう気分ははっきりしてるよ」

　こうして翠が落ち着いて話ができるようになってから蒼甫と会うのは、今日が初めてだ。いままではなんとなく蒼甫がいたような気がするくらいで、夢なのか現実なのか曖昧だった。先週はまだ話ができたけれど、リハビリの時間があったので数分しか顔を合わせることができなかった。

「手ぶらも悪いからみかん持ってきたけど食うか？」

　学生カバンから、みかんを四つ取り出して、差し出されたので受け取る。ばあちゃんが送ってきたんだ、と笑う蒼甫に、翠は曖昧な笑みを返すことしかできなかった。

　優一は「うどんの出前持ってくればよかったな」とぼそりとしょうもないことを呟いて、蒼甫が「いらねえよ！」と突っ込んだ。

　いつものやりとりだ。なのに、なにを話せばいいのかわからない。

　蒼甫も優一も、翠の年齢をもう知っているだろう。いままで高校生だと嘘をついていたことをどう思っているのか、確かめるのが怖い。

　気まずい気持ちでみかんの皮を剝く。けれど、左手の指先が思い通りに動かずなかなか剝けなかった。

　翠の後遺症は主に左手の肘から先。とくに指先に麻痺が残っている。動かすことは問題ないけれど、細かな作業はほどんどできなくなった。指先への力加減がまったくわからない。力を込めるとぶるぶると震えてしまう。それ以外は問題がないので、日常生活に大きく支障が出るわけではない。

ただ、みかんの皮を剝くような、いままでなら考えることもなくできたことができないのには、歯痒くいらだってくる。

それに気づいたのか、優一がなにも言わずに剝いた自分のみかんと翠のを交換した。

「いまから右利きになればいいんじゃねえの？」

「簡単に言うなよ。その訓練中だっての」

左手を開いたり閉じたりしてみせる。ただ、文字を書くなど、困ることも多いのでいまは右手での練習をしている。が、利き手でないほうで書くのはやっぱり難しく、いまの所どっちもどっちだ。

多分、もうプラモやジオラマを作ることはできない。それに、なにかを修理したりすることもできないだろう。

もはや、自分ではなにも作り出せないかもしれない。

そんなことが何度も頭をよぎる。そのたびに気分が少し沈む。それをたいしたことじゃないと言い聞かせるのが一連の流れになっている。

「高校受験までに右手使えるようになんねえとな」

「……ああ」

やっぱりみんなもう、自分が中学生だということを知っている。こんなふうにさりげなく会話に出すところが、蒼甫の優しさなのだろう。

「悪い、黙ってて」

「べつに。翠が何歳だろうが俺には関係ないし、翠は翠だろ。っていうか最初から気づいてたしな」

「まじで？」

俺すげえだろ、と蒼甫がいしししし、と白い歯を見せて笑った。

「あとこれもやるよ」

ベッドの上にどさりと重量のあるものが置かれて視線を向けると、桃子にもらった一眼レフだった。記憶がはっきりしてから、ずっとどこに行ったのだろうと気になっていたものだ。

「事故で壊れてたけど、修理してもらった。ＳＤカードは無事だったみたいでデータも残ってるよ」

「……なんで」

「言ってなかったけど、俺んち結構金持ちだから。俺、医者の息子なの」

このくらいちょろいよ、と自慢げな蒼甫に、なんとなく納得した。蒼甫はいい家の子なんだろうなと以前から感じていたのが当たったな、と思った。

「快気祝いだから気にすんなよ」

「まだ快気じゃねえよ」

「細かいこと言ってんなよ。ほら、俺らの写真撮るか？　俺が撮ってやろうか？」

みかんを口の中に放り込んだままで、大きく口を開ける蒼甫を見て、その顔を写真に収めてやろうかと思った。

まさか、こんな時間に、こんな場所で蒼甫や優一と話すなんて、まったく予想していなかった。夜の公園で見るよりも蒼甫はずっと大人っぽいし、優一は優しい瞳をしている。夜空の下では気づかなかった。

きっといまの自分も、彼らには完全に中学生に見えているのだろう。

この部屋、空気籠もってないか、と蒼甫が言って、窓を少し開ける。冷たい風が部屋の中に入ってきた。

「……あのさ」

「ん？」

ずっと気になっていたことを、いまなら言える。もう自分には嘘も見栄もない。

「桃子は……どうしてる？」

一瞬言葉を止めてから、口にした。

ずっと気になっていた。意識がはっきりするにつれて、桃子のことばかりを考えている。

事故の前後の記憶はあまりない。けれど、桃子と一緒にいたことは間違いない。自分が作ったレジンのチャームをあげたことで、桃子をがっかりさせてしまった。あれほど自分のために使えと言われていたお金を、自分へのプレゼントに使ってしまったことを、桃子は怒っていた。

喜んでくれると、思った。

思い出すといまでも惨めに感じて胸が苦しくなる。痛みを堪えるように唇に歯を立てて、俯いた。

かっこ悪くて、桃子から背を向けた。でも、桃子は翠に近づいてきてくれた。

そしてあの最後のセリフ。

──『好きだよ、翠』

しっかりと覚えているのに、あまりに信じられない言葉で、自分にとって都合のいい夢かもしれない、幻聴かもしれない、と思えてしまう。でも、桃子からの好意は間違いなくあったと信じられる。

だからこそ。

一緒にいた桃子は事故に巻き込まれていないのか。翠は年の差なんてまったく気にしていなかったけれど、桃子は自分が中学生であることを知って、どう思ったのか。

時間ができるとそればかり考えてしまう。

意を決して口にしたのに、ふたりはなにも答えなかった。不安を抱き、恐るおそる顔を上げると、言いにくそうに顔をしかめている。

じいっと見つめる翠の視線に、蒼甫がはあっと深呼吸のようなため息のようなものを吐き出して、カバンから一枚の封筒を取り出した。

「これに、書いてあると思う。桃子から先週末に受け取った」

「……なんて？」

「中身は知らない。翠に渡してほしいって頼まれただけ」

左手を伸ばして、受け取る。震えているのは後遺症のせいではない。

受け取りながら、翠が桃子の話題を口にするまで蒼甫はこれをカバンに忍ばせていたし、さっきの表情を見るかぎり、話題に出なければ翠に渡すつもりもなかったのではないかと思われた。

あまりよくないものなのだろう。

読みたくない。

けれど、読まなくちゃわからない。

封筒に『翠へ』と書かれている文字を見てから中の便箋をゆっくりと取り出した。真っ白の紙に、桃子の綺麗な字が並んでいる。

翠へ

まずは、ごめんなさい。

私のせいで、翠に怪我を負わせてしまったこと、本当にごめんなさい。
後遺症が残るかもしれないことも聞きました。
翠の夢を、つぶしてしまったかもしれない。
本当にごめんなさい。

そして、嘘をついていてごめんなさい。

私は、二十三歳の社会人です。
ずっと高校生のフリをして翠を騙していました。
息抜きに、暇つぶしに遊んでいただけでした。
翠との時間も、遊びの一部でした。
学生時代の甘酸っぱい恋を思い出して、楽しかった。
そう、ただの遊びだったの。
だって二十三歳の私が高校生に本気になるとかありえないでしょう?
なのに翠が本気になるとは思わなかったよ。
プレゼントまでくれるなんてびっくりしちゃった。
高校生じゃなくて、中学生だったのにはもっと驚いたけど。
さすがに中学生相手なら遊びもここまでかなって。

私も犯罪者にはなりたくないし。

八歳離れてるのに気づかなかったなんて、お互いバカだよねえ。


楽しい時間をありがとう。

これからは、もう変な女に騙されないようにね。


じゃあね。

いろいろごめんね。

バイバイ。

桃子

「は？」

手紙を読んで最初に発した声はかすれていて、言葉にはならなかった。

意味がわからない。桃子が二十三歳ってどういうことなのか、理解できない。だって、桃子は高校生だったはずだ。いつも制服を着ていたし、そんなに老けてもいなかった。と、思ったところで、桃子の顔を見るのはいつも夜だったことを思い出す。優一の店でも、桃子はあまり顔を上げなかった気がする。

「……桃子が、二十三歳？　なんの冗談だよ」

『遊びの一部』『本気になるとかありえない』『犯罪者にはなりたくない』『バイバイ』

もう一度読み直し、心の中で反芻《はんすう》する。

「……嘘だろ？」

面白くもない冗談だ、と呆れるように笑って同意を求めるように蒼甫と優一を一瞥する。けれど、ふたりとも目を逸らしたまま険しい表情をしているだけだった。

「嘘だろ、これ！　おい！」

今度はふたりにはっきり届くように声を張り上げた。体を起こして立ち上がり問い詰めようとすると、蒼甫が翠の体を支える。

「翠……落ち着け」

「落ち着けるかよ！　なんだよこれ！　デタラメばっかり書きやがって！　ふざけてんのか？　からかってんのか？」

蒼甫の手を振り払い、そのまま病室のドアに向かおうとするのを今度は優一が取り押さえる。体の大きな優一には、翠もかなわない。それでも身をよじりどうにか出ようとする。

「離せって！　桃子はどこだよ！　こんなんじゃなくてちゃんと話をさせろよ！」

「なにを話すんだよ」

翠の肩を摑んだ蒼甫が力を込めて冷静に聞く。

「なにって……わかんねーけど、とりあえず会いにいくんだよ！」

「行けるわけないだろ！」

蒼甫が初めて声を荒げて、翠の体がびくんと跳ねる。

……だってこんな話は信じられない。

桃子は遊びだったと手紙に書いた。けれど、あのとき絶対に好きだと言ってくれた。聞き間違いだとしても、あの瞬間、自分の目の前にあった桃子の顔をはっきりと覚えている。潤んだ瞳で、翠を真っ直ぐに見つめてくれた桃子の優しいまなざし。

あのタイミングであんな嘘をつくわけがない。桃子と過ごした時間がすべて、桃子にとってはただの暇つぶしだったなんて言われて、はいそうですか、と受け入れられるわけがない。

翠は桃子のことを大事に想っていた。桃子も、翠のことを同じように感じてくれていたはずだ。

「会って年齢を確かめるのか？　じゃあ本当に二十三歳だったらお前はどうするんの？　それでも関係ないって言えるのか？　好きだって言えるのか？」

「そ、れは……」

いまいち、ぴんと来ない、というのが正直な気持ちだ。年齢なんて関係ないと言えればかっこいいのかもしれないが、わからない。自分よりも八歳も年上の人なんて、いままで恋愛対象として見たことはない。それどころか、学校の先生以外で出会ったこともない。

桃子を愛しく思う気持ちがある。でも、二歳差と八歳差ではだいぶ違う。二十三歳だと思って会ったら、自分がどんな感情を抱くのかまったく想像ができない。

「だったら、会いにいっても意味ないだろ」

「でも、こんな手紙で言われても！」

ぎゅうっとこぶしを握りしめて、歯を食いしばった。

「少なくとも桃子の年齢は本当だ」

ガツン、と頭を鈍器で殴られたような衝撃が走る。嘘だ、と心の中で何度も何度も呟くけれど、自分がそう信じたいだけだ。

「だったらなおさら……顔を見せにこいよ。面と向かって言われたら、怒ることもできるし拒否もできる。なのに、一方的に言われても……騙してたとか、そんなの……」

目の前に大人の桃子がいれば事実を受け入れられたかもしれない。でもこんな紙切れだけで別れを告げられても、翠には消化できない。自分勝手すぎるじゃないかと怒りが込み上げてくる。

翠が読んだ手紙が、ひらりと床に落ちて、蒼甫が拾い上げる。そして「読むぞ」と言って翠の返事も訊かずに手紙を読んだ。

「まあ、想像したとおりだよな」

そう呟いて、翠の手に手紙を押しつける。

「翠が桃子を責めたい気持ちはわかる。でも、翠も責められる覚悟はあるのか？」

悔しさを堪えていると、頭上から優一の静かな声が聞こえてきた。

「な、なんで」

「お前だって、高校生だって騙してただろ」

「でも、おれはたった二歳だろ」

違う、と言いたげに優一は首を左右に振った。そして「オレたち学生の二年は、全然違う」と力強い口調で言う。

「翠が十七歳だったら、桃子は多分、今日ここに来てたと思う。でも中学生だから、来なかったんだ。翠だって自分が高校生だったら、桃子が二十三歳でも受け止め方は違ったんじゃないか」

優一の言葉を聞いて、ふと想像してみる。

高校生の自分と、社会人の桃子。六歳の年の差なんて、どうってことないような気がした。どうせ数年で卒業し、お互いに同じ立場になる。なのに、自分が中学生だと思うと同じようには考えられない。

言われているのは、そういうことだ。

どうしたって埋められない時間が、桃子と翠の間にはある。

自分も桃子と同じように騙していた。中学生だと知ったとき、桃子はどう思っただろうか。どれだけ考えてもわからない。きっと翠とは違う立場だからこそ、さまざまな思いを巡らせたことだろう。もし翠とのことを本当に遊びだと思っていたとしても、ショックを受けたに違いない。

　結局ふたりして、騙し合っていただけだったのだ。

「じゃあ全部、嘘だったのかよ……」

　口にして、自分も同じじゃないか、と思った。みんなに嘘をついて、少しの間大人ぶって過ごしたかっただけ。夜の時間だけの関係だと、そう思っていた。

「嘘じゃない」

　項垂れる翠の顔を、蒼甫がぱちんと両手で挟んで無理やり上げさせる。涙で歪んだ視界の先で、その瞳が真っ直ぐに翠を見つめていた。

「あそこで過ごしたことは事実だ。その手紙に書いてあることが本当だとしても、翠が話して惹かれた桃子は、桃子であることに違いない」

「でも」

　言葉を紡ごうとすると、翠の目から涙がこぼれ落ちた。

「俺らも、みんなそれぞれ隠していたことはあるよ。言いたくないこととか言えないこととか。みんな、あの時間はただの息抜きだった。それでいいだろ。息抜きでもなんでも、俺らはあの場所で楽しかった」

　夜になると約束もなく集まった友だち。彼らのことを、翠は自然と友だちだといまなら口にできる。真実を隠して中身のないことばかりを話していた時間だったけれど、それを大事だと思えるのは、あの時間が翠にとって本物だったから。

本物であってほしかったから。

「嘘でも、幻でもまやかしでもない。翠と桃子が何歳だったとしても」

体から力が抜けて、がくりと地面に座り込んだ。

翠の視界は、もう涙でなにも見えない。脳裏に桃子の笑顔が浮かぶだけ。

「なんで……おれは子どもなんだろう」

もし高校生だったら、蒼甫が言ってくれた言葉を桃子に自信を持って言えたかもしれない。そんな自分だったら、桃子もここに来てくれたかもしれない――。

「いまは子どもだけど、いずれは大人になるんだからそう焦んなよ。俺らはいつでも、待っててやるから。年の差は埋まんねえけど、大人というポジションで待っててやるよ」

蒼甫は腰を落とすと、ぽんっと翠の頭に触れた。

いつも蒼甫に子ども扱いされていたことを思い出す。自分の年齢のことを気づかれていたんだとわかった。うるせえ、と涙混じりに言って手を払う。そして、顔を見合わせて笑った。

翠は両手で顔を覆いはあーっと息を吐き出してから、涙を拭い立ち上がった。ベッドに腰かけると、誰かがドアをノックした。「はい」と返事をしたのは翠ではなく蒼甫だった。しかも同時にドアを開ける。

「……秀明」

蒼甫の姿に部屋を間違えたのかと驚いた顔を見せた秀明が立っていた。その奥にはクラスメイトの佐々木《ささき》と瀬川《せがわ》。ふたりとも、いまはほとんど話をしないけれど、小学校時代に一度同じクラスになり何度か遊んだことがある。

秀明は翠が声をかけるとほっとした表情で「元気？」と聞いてきた。

「翠の友だちか。じゃあ、俺らは帰るかー」

「おう」

どうぞどうぞ、と秀明たちを中に案内すると、蒼甫と優一は持ってきたみかんを置いて背を向ける。

「ま、また会えるよな？」

「はあ？　当然だろ。あ、でもお前、俺の連絡先知らないんだっけ？」

足を止めて再び蒼甫がみかんを手に取った。優一がいつの間にかペンをカバンから取り出していてそれを受け取ると、きゅきゅっとみかんの皮に番号を書いていく。

「俺の携帯番号。剝くときにぐちゃぐちゃにすんなよ。リハビリだ」

「……なんだそれ」

「なにかあったらいつでもかけてきていいぞ。俺は顔が広いからな」

意味わかんねえよ、と投げられたみかんをキャッチしながら返事をした。うまく剝くとかいう以前に、もう少し丁寧に書いてほしい。

「……さっきの、翠の友だち？　高校生、だよな」

「ああ、まあ」

ふたりが出ていったドアを見つめながら、秀明が不思議そうな顔をした。

中学生からしたら、高校生はすごく大人に見える。一緒にいたときは年上だなあとしか思っていなかったけれど、いまは翠も彼らのことを大人のように感じた。

「ああ、これノート」

「わざわざサンキュ。おれ気づいてなかったんだけど、前にも来てくれたんだよな」

板書を書き写した翠のためのノートには、とても綺麗な字が並んでいた。

母親から同級生が見舞いにきたことを聞かされたときは驚いた。あんなふうに酷いことを言って秀明を遠ざけ、クラスメイトともろくに話をせずに孤立していた自分を心配してくれる人がいるなんて思ってもいなかった。担任に言われて嫌々来たんじゃないかと疑ったくらいだ。

でも、ノートを見ればそうではないことがわかる。

「おれ、いまお金ないから三百円渡せないけど」

「はは、出世払いでツケといてやるよ！」

照れくさい気持ちになり、それを隠すように笑いながら言うと、秀明は明るく親指を立てる。

以前のような嫌みではなく、自分からお金がない話が笑いながらできる。秀明も気にする様子もなく、昔と変わらない接し方をしてくれていた。いや、秀明はずっと、変わらない。変わったのは自分だけだったんだ。

いままでなにに意地を張っていたのだろう。蒼甫たちに接していたときように、ありのままの自分を見せてもべつによかったんだ。

翠は昔といまを比較して、強がっていた。かつての自分はみんなの中心にいたからこそ、バカにされたくなくて虚勢を張っていた。どうせ強がるなら、ありのままをさらけ出して、一緒になって笑っていればよかったんだ。

「……ありがとう」

酷いことを言って遠ざけたのに、こうして見舞いにくるお人好しな友だちが自分にはいたのだから。

小さな声で伝えたお礼の言葉に、秀明は嬉しそうに笑った。

その後しばらく、秀明たちは翠の病室で過ごした。休んでいる間に学校であったこと、暇つぶしにと持ってきてくれたマンガの話、受験の話、なんでも話した。

あれほどガキくさいと感じていた同級生たちとの会話は、蒼甫たちとする会話となんら変わりがない。中身のない話ばかりだ。

それでも、翠は自然に笑うことができた。

「そういや、クラスの三木《みき》が翠のこと心配してたぞ」

「は？　三木ってあのロングの委員長？」

「そうそう。三木って翠のこと好きなんじゃねえの？」

あまり話をしたことがない相手だ。真面目で融通が利かない頑固な女の子という印象だった。掃除をサボる男子にいつも怒っていたような気がする。でも、なんとなく顔は整っていた……ような気がしないでもない。

でも、約一年間同じクラスにいたとはいえ、翠は三木のことをほとんど知らない。なのに相手は自分のことを気にしてくれているかもしれないなんて不思議だ。

「っていうかさ、翠はずるいんだよ」

「は？」

「女子にも男子にもそっけないくせに勉強はできるし背も高いし大人っぽいし、モテるんだもんなあ。女はクラスのムードを明るくしてるオレのことなんてどうでもいい扱いだしよお」

「そうそう。そのくせなんか優しいんだよなあ。なんなのお前」

「知るかよ。そんなつもりもねえし」

「わかってるからずるいって言ってんだよ。僻《ひが》ませろ！」

無茶苦茶だ。

どうでもいいよ、と返事をしながら、同い年の女の子という存在のことを考えた。普通なら、そういう相手を好きになるのだろう。八歳も年上の相手に惹かれたことを、不思議に思う。

それでも、桃子のことを嫌いにはなれない自分がいた。

「お、じゃあそろそろ帰るわ」

「ああ、三学期には学校行けると思う」

「冬休みも暇ならまたプラモ合宿しようぜ」

秀明がなにげなく言った言葉だとはわかっているのに、表情が固まってしまった。あ、と一瞬気まずそうな顔をした秀明に謝られる前に慌てて「それまでに右手、完璧に使えるようにリハビリ頑張るよ」と笑って誤魔化しながら手を振った。

ひとりきりになって、手のひらを広げる。左手だけが小刻みに震えているし、真っ直ぐに指先が伸びていない。

頭ではわかっていた。ちょっとしたことでいままでとは違うことを思い知り、そのたびに落ち込んだ。でもどうってことないと言い聞かせて忘れていた。

――『いままでと同じようには、動かせないだろうって』

気まずそうにそう言った母親を思い出す。翠の手を握りしめ、「日常生活には問題はないから、だから」と言葉を詰まらせた。翠がものを作ることが好きだったことを知っていたからこそ、母親はあんなふうに苦しそうに顔を歪めていたのだろう。

カサカサの疲れきった母親の手は、不思議とあたたかかった。桃子の手も、母親と似ていた。

――『好きなことは続けてね』

桃子の声が蘇る。

でも、もうなにも作れない。

秀明に誘われても、いくらお金があってプラモを買えても、もう二度と、自分でなにかを形にすることはできない。

この程度で済んでよかったんだろう。誰かの手を借りなければ生きていけないような障がいではない。いまはまだ右手の練習中だけれど、そのうち字も書けるようになるし、みかんの皮だって剝けるようになる。

でも、翠がいままで作っていたものは、片手だけでできるものではない。右手をどれだけ動かせるようになっても、いまさら左手でできていたような繊細な作業をできるようにはならない。

そう、言われたのだ。

自分の左手が、器用さが、こんなに大事なものだなんて思っていなかった。だって、なくなるだなんて考えたこともなかった。

「……べつに、建築家にだって、本気でなれるとは、思ってなかったけど」

なにかを作る仕事は、建築家だけではない。

ただ、最後に作ったものが桃子にあげたあのバッグチャームなら、悪くないと思った。思い描いたように作れた自信作。あれがいまどこにあるのかはわからないけれど、それでもいい。

ふとサイドテーブルの、蒼甫が直してくれた一眼レフが目について手に取る。ＳＤカードは無事だと言っていたことを思い出し電源を入れてプレビュー画面を開くと、夜の空が小さな画面に映し出された。

桃子とふたりで行った小さな丘の上。闇に溶けた黒猫の姿。笑う蒼甫と真琴のツーショットに、全員が公園の地面に座ってこちらを向いてピースサインをしているもの。優一のうどん屋の前。学校から見える空に、誰もいない教室。いままで作ったジオラマやプラモデル。

そして、桃子の横顔。

消してと言われたのに、翠はどうしてもその写真を削除することはできなかった。それどころか、実は何度も桃子を隠し撮りしていた。

みんなを見て口を開けて笑っている姿や、のんびりと歩いている後ろ姿。黒猫を抱いて心地よさそうに目を瞑っているもの。

こちらを見ている写真は一枚もない。

桃子には、大人っぽい一面と子どもみたいな一面があると感じていた。それは間違いではなかったのだろう。

思わず告白してしまったとき、桃子は泣いた。

あのときはどうして泣いたのかさっぱりわからなかったけれど、いまならわかる。むしろ自分が考えなしだったのだ。自分が嘘をついていることを正直に話すこともなく好きだと言ってしまった。あの瞬間に素直にすべてを桃子に伝えていたら、桃子の反応はちがったかもしれない。

自分ひとりが嘘をついていると思って、翠のことを考えて泣いたのだ。

そして、それでも桃子は事故の直前、好きだと、そう言ってくれた。言ってくれたのに。

――『嘘じゃない』

優一の言葉が蘇る。

すべてが嘘じゃない。そう思えば、桃子があの手紙で伝えようとしたことがなんなのか、漠然と感じることができるような気がした。

桃子はいつだって、翠の未来を信じてくれていた。翠の未来に眩しそうに目を細めてくれていた。器用であることを大事にしてね、と言ってくれた。翠が建築デザイナーになりたいと口にする前から、桃子は翠の手先の器用さを認めてくれた。桃子がそう言ってくれたから、夢にはできなくても、続けていこうと思えた。

夢の話をしているときの桃子はいつも、なにかを諦めているように見えた。そんな桃子を笑顔にさせたくて、自分も頑張ろうと思った。一緒に諦めないでいようと、そう伝えたかった。

「あ」

するっと左手の力が抜けて一眼レフを落としそうになる。とっさに受け止めてことなきを得たけれど、危なくまた壊してしまうところだった。

力がうまく調整できない、自分の左手。

桃子が神様みたいだと言ってくれたなにかを直したり生み出したりできる左手――自分

の唯一の特技。

みかんを手にして剝こうとしてもいままでのようにするするといかずいらだちが募ってくる。

「ちゃんと動けよ！」

ベッドをばすんと殴りつけて自分の左手を叱咤する。

いつの間にか窓から見える空は真っ暗に染まっていて、夜ってこんなに寂しいものだったっけ、と思う。この夜を、いま、みんなはどうやって過ごしているのだろうか。

──自分はただ、寂しかったんだ。

自分がどうして、蒼甫たちに会いにいっていたのか。

彼らと一緒にいる時間が楽しかったというのもある。けれど、そもそも偶然出会っただけの蒼甫たちと、どうしてまた会いたいと思ったのか。

──誰かと一緒に楽しい時間を過ごしたかった。

学校では自ら望んで孤立しているくせに、結局ひとりが寂しかっただけ。少し大人な蒼甫たちと対等な立場で遊んでいたかった。自分も大人に近づけるような気がした。名前しか知らない関係だったけれど、蒼甫たちと過ごす時間は自由だった。過去も未来もない、いまだけの自分でいられた。

それが心地よかった。

でも、それだけじゃなかった。

何度も会い、何度も話をし、そして何度も蒼甫たちに知らない間に助けられていた。蒼甫との出会いだってそうだ。自棄《やけ》になってカツアゲでもしてやろうかと思ったとき、助けられた。彼らがいなければ自分はもっと、酷い状態になっていただろう。中学生かもしれないと思いながらも、翠を受け入れてくれたのは放っておけなかったからに違いない。修理を頼んでお金をくれたのも、翠を守るため。

大人だった。自分とは違った。憧れた。そして、蒼甫たちが大好きになった。

みんなが自分にとって大切な存在になるにつれ、どうして自分は中学生なんだろうと思った。本当は、夜だけでなく昼間も会えるような関係になりたかった。

きっと桃子は翠を事故に遭わせたことを悔やんでいる。蒼甫たちだって、口には出さなかったけれどなにも思っていないわけはない。両親にだって心配をかけて、余計な出費をさせてしまった。

自分は、たくさんの人に守られていた。

守られていることに気づかず、その気持ちを邪険にし早く人を守りたいとそればかりを考えていた。

そして、桃子はそんな翠を認めてくれた。

知らない間に学校でも見ていてくれた人がいた。

どれだけ願っても、翠はすぐに高校生になれるわけがない。受験をして合格して中学を卒業してやっと高校生になる。桃子に追いつくにはそこからさらに、五年もかかる。

でもその時間と同じだけ、桃子も歳を重ねていく。

大人になればなるほど、けっして埋まらない時間の差を突きつけられる。

堰を切ったように涙が溢れて止まらなくなった。泣くしかできないことが余計に涙を誘った。

あの日々に戻りたい。せめて事故に遭う前に。でも戻れない。戻ってはいけない。

だったらなにもかもに出会う前に戻りたい。でも、それも無理だ。時間は、戻すことも進めることも、できるはずがない。

翠はひとり病室で、声を噛み殺しながら布団に顔を押しつけて泣いた。

涙が乾いたころに顔を上げると、夜空に月がぽかんと浮かんでいた。

「みかんみてえ」

自然にこぼれ落ちた言葉に、苦笑する。

◇

マフラーを口元まで引き上げて、カイロを両手で包み込む。

駅前にはたくさんの人が行き来していた。いつも自転車を使用していたので、あの公園に一番近い駅に来るのは久々だ。

来月はもう四月だというのに、今日は突然寒波が襲ってきて空気は真冬並みに冷え込んでいた。こんな日に待ち合わせをしたうえに相手が遅れてくるなんてツイてなさすぎる。

軽く足踏みをして待っていると、「おーっす」と満面の笑みでこちらに向かってくる蒼甫が翠に手を振った。

「おっせーよ」

「文句言うなって。あれ？　翠、今日卒業式だったのか？」

脇に持っている証書筒に気がついたらしく、指をさされた。

「ああ、午前中に終わったところ」

「なんだよ、じゃあ明日でもよかったのに。友だちと遊びにいったりしねえのかよ」

「明日から休みがたっぷりあるんだからいいだろ、べつに」

三学期から学校に戻り、慌ただしく高校を選び願書を送り、しばらく疎《おろそ》かにしていた勉強にも力を入れていた。蒼甫たちとの時間がなくなったことを寂しいと思わないほど、あっという間に時間が過ぎ去り、翠は無事に第一志望の公立高校に入学できることになった。四月からは高校生だ。

翠から蒼甫に連絡をしたのは、受験が終わった直後だった。それから何度かやり取りをしているのだけれど、翠の嘘がはっきりしたからか、前以上に兄のように接してきて、あれこれと口を出してくる。

ひとつ頼みを聞いてほしい、と伝えるとふたつ返事で了承してくれた。交換条件に春休みに遊びにいくことを提示された。蒼甫も志望大学に無事受かったようで、暇にしているらしい。ちなみに優一は調理師学校へ進路が決まり、真琴は通信制の高校に通い直し、卒業を目指して頑張っているという。大輝は親の反対を押し切りお笑い芸人養成所に入ったとも聞いた。

ほかのみんなもなんだかんだ、前に進んでいるようだ。

「で、お願いしたの、ほしいんだけど」

「はいよ」

手を差し出すと、蒼甫はポケットから一枚の紙を取り出した。

「俺の人脈に感謝しろよ」

「まじでできると思わなかったけど、助かったよ」

中を開いて、書かれた文字を確認する。ついでに蒼甫に携帯を借りておまけで調べてもらった。

「翠、携帯買わねえの?」

「高校に入ってバイトしてからだな。いまのところ、そんなに不便もないしどっちでもいいけど」

両親の仕事が忙しいのは相変わらずだ。

それでも少しだけマシになったのか、母親の内職が少し減ってきたような気がする。なにやら父親がオリジナルの製品を作ったらしく、それを会社のホームページに載せてネット販売をはじめたところ、好調なのだと言っていた。ここ一年ほど働き詰めだったのは、会社の技術を使った商品を開発するのに必死だったと、翠にはよくわからないけれど、父親がお酒を飲みながら上機嫌で話してくれた。

「携帯買ったら連絡しろよ。お前からの一方通行なんだから、いま」

「家に電話したらいいだろ」

「たまにおばさん出るじゃん。おばさん長いんだよなあ」

伝えとくよ、と言うと慌てて「嘘だって！　やめろよ」と頭を摑まれて撫で回されてしまった。

蒼甫といると心なしか、空気があたたかくなるのを感じる。

「じゃあとりあえず時間もあるし、おれ行くわ」

「おー気をつけろよ」

駅の時計を見た翠は慌てて蒼甫を引き離す。じゃあな、とお互いに手を振って背を向けたあと、

「あ」

と蒼甫が呼び止めてきた。

「学校、楽しかったか？」

こんな風に兄のように優しく聞かれることを、いまは嬉しく思うのだから不思議だ。いつもこうして蒼甫は翠の背中を支えてくれている。大切な年上の友だち。

「ああ」

「そっか。じゃあ、近々また連絡するから、うどん食いにいこうぜ」

再びひらひらと手を振り、蒼甫は軽やかな足取りで帰っていく。

翠と会ったあと、真琴とも会うのだと言っていたことを思い出した。いつか、いまよりも踏み込んだ話をみんなとしてみたい。

そのときは、蒼甫と真琴の出会いなんかを聞きたい。以前は真琴に蒼甫が振り回されている印象だったけれど、実は違うのかもしれない。

ひとりになるとまたぐっと気温が下がった気がして、足早に駅の改札を通り電車に乗り込む。

過ぎ去っていく景色は、翠の知らない町並みだ。

窓に自分の顔が映り込む。桃子はいつも、どんな気持ちでこの電車に乗っていたのだろうかと思いを馳《は》せる。手にした紙を広げてもう一度住所と行き方を確認する。

左手で折りたたむと、さっきよりも汚くなってしまったけれど気にしなかった。


たどり着いたのはとあるマンション。

桃子の住む場所だ。

初めての場所だったから少し道に迷ってしまった。エントランスに入り、蒼甫のメモを確認してから呼吸を落ち着かせて部屋番号を押す。

「はあい」

チャイムが鳴ってすぐに返答があり、「あの、翠です」と伝える。声の感じは知らない人だ。妹がいると言っていたのでその人だろう。

「桃子、さんは」

「とりあえず入ってー」

翠の言葉を遮って、女の人がそっけなく言うと同時に自動ドアが勝手に開いた。オートロックを解除してくれたのだろう。ありがとうございます、と頭を下げたけれど相手が見ているかはわからなかった。

おずおずと通り過ぎ、エレベーターに乗り込む。そして部屋の前でもう一度深呼吸をしてからチャイムを鳴らした。

「はあい」

さっきと同じ返事でドアを開けたのは、ショートカットの女の人だ。桃子と違い、小麦色に焼けた健康的な印象で、おそらく蒼甫たちと同い年くらい。そういえばいつか、妹は五歳年下だと言っていたような気がする。

「お姉ちゃん――桃子は、ここにいないよ」

翠の顔をまじまじと見てから、唐突に、腕を組んだまま女の人が言った。

「……そうですか」

あっさり翠が受け入れたことで、逆に妹が驚いた顔を見せる。

「驚かないの？」

「そんな気はしていたので」

桃子の家の住所を頼んだとき、蒼甫にも「もういないかもしれない」と言われていた。蒼甫が最後に会ったとき、桃子は花束を持っていたという。ということは会社を辞めたんじゃないかと。桃子が翠に宛てた手紙を見ても、もう二度と翠に会うつもりがないことが伝わってきた。

桃子の真面目な性格を考えると、どこか別の場所に引っ越したのかもしれない。その覚悟はしていたのだ。この紙にある住所に誰もいない、もしくはまったくの別人が住んでいる可能性も考えていた。

「あんたの話、ちょっとだけ聞いたことがあるよ」

「え？」

「すごい後悔してた。たまに泣いてたりもした。あんたのせいでしょー？」

眉間にシワを寄せて睨むように言われて、翠が「え、と」と言いよどむ。

桃子の泣き顔が浮かんで、不安になる。いまもどこかで桃子がひとりで苦しんでいるのかもしれないと想像すると、いますぐに会いにいきたくなる。

「でも」

翠の不安を感じ取ったのか、妹は困ったように笑ってから言葉を続ける。

「そのおかげでいろいろ吹っ切れたみたいだから、ありがと」

お礼を言われるとは思わず、へ、と間抜けな声を発してぽかんとしてしまった。妹は満足そうな顔をして小さく頷く。

「……そう、ですか」

いままで胸に刺さっていた小さなトゲが、するりと抜ける。残った小さな小さな穴に寂しさを感じるけれど、なによりほっとした。

「でもいいタイミングだったよね。来週だったらあたしも出ていく予定だったから、もぬけの殻だったんだよー」

ほら、とドアを大きく開けて、積まれた段ボールを見せてくれた。あたしも一人暮らしはじめるんだー、と妹が言う。ワクワクしているのか、目を輝かせていた。

「会えて、よかったです。ありがとうございました」

彼女も思うところはあるだろうに、なにも言わずに桃子のことを教えてくれたことに感謝を告げた。ぺこりと頭を下げると「どうする？」と質問される。

意味がわからず小首をひねったまま顔を上げると、にやりと笑われた。

「お姉ちゃんの行き先、知ってるけど聞きたい？」

妹なのだ。聞けばきっと教えてくれるだろう。

でも。

「いや、いいです。桃子の、いまを確かめたかっただけなので」

迷いなく答えると、妹は頷いてから「じゃあね」と言ってドアを閉めた。

本当は家にも行かないほうがいいだろうと思っていた。それでも来たのは、桃子が心配だったからだ。桃子の手紙を冷静になって読み返せば、桃子がどれだけ翠のことで責任を感じているかがわかった。

出会ったときから、桃子はどこか不安定だった。

ひとりですべてを抱え込んで、桃子自身を苦しめているんじゃないかと、そんな不安が拭えなかった。もしも、桃子が翠のことで落ち込んでいたら、苦しんでいたら、翠は大丈夫だと、そう言いたかった。

ちゃんと学校に通い、高校に入学した自分を見てもらいたい。そのくらいないと桃子を安心させるなんてできない。なにより、自分で自分に自信をもてない。

「そんなの、杞憂だったな」

桃子はもう、大丈夫なのだろう。妹の口調からそれは十分すぎるほど感じることができた。それならば、いま追いかける必要はないし、桃子も会いたいとは思っていないはずだ。むしろ会いにいったほうが傷つけるかもしれない。

――大人になりたかった自分。

――子どもになりたかった桃子。

どうやっても思い描いた自分になれないことがわかっただけで、ただ遠回りして、寄り道をして、無駄な時間を過ごしただけだったかもしれない。

でも、だからこそ、見つけたものもたくさんある。嘘ばかりの中にあったものが、いまもちゃんと自分の手のひらにあることを翠は知っている。

年齢関係なく付き合える友人と出会えたし、変な虚栄心がなくなって、学校でも楽しく過ごせるようになった。意外にも自分を見てくれていたクラスメイトがたくさんいたことを知った。

そして。

人を大事に思う気持ちも知った。

昔よりもいまのほうが大人になりたい気持ちがある。

でも時間を飛び越えて無理やり大人のフリをするのではなく、いまを積み重ねて、ちゃんと大人になりたい。

翠は左手を開いて天に突き上げた。

V

夜明けからの
二十歳

小さなオフィスに電話が鳴り響いた。ワンコールで受話器を上げて耳に当てる。

「はい、株式会社ワンクです」

電話の相手は小さなカフェ『テトテト』の店長で、打ち合わせの時間の確認だ。そばにあったメモ帳を引き寄せて、時間と名前を書きなぐる。

「二丁目のテトテトさん、明日打ち合わせになりました」

電話を切って声を上げると、「はあい」と向かいの席に座っていた女性が返事をして立ち上がる。そのまま近づいてくるのでなにか用事だろうかと顔を上げた。

「時本さん、このデザインの修正、西岡《にしおか》さんにお願いしてくれる？」

「はい、わかりました。明日中で大丈夫ですかね？」

「大丈夫大丈夫」

受け取った出力紙に赤ペンで殴り書きされているものを、ひとつずつ付せんに書き直して別の出力紙に貼りつける。それをスキャンしてメール送信した。

時計を見るとすでに九時過ぎ。

今日の仕事は一通り終えたので、ぐいっと背を伸ばしてから「お先に失礼します」と席を立った。

「お疲れー。校了したら飲みにいこうねー」

「あはは、そうですね！」

年上の先輩からの誘いに顔をほころばせ、桃子は会社をあとにした。

　株式会社ワンクは地域情報誌を作っている会社で、桃子が再就職したところだ。仕事内容は以前と変わらず営業事務だけれど、従業員十人未満の小さな会社なので直接打ち合わせに出かけたり、デザイン会社や印刷会社とのやりとりがあったりと、新しく覚えることも多く、毎日あっという間に時間が過ぎていく。最近ではちょっとしたコラム記事を書くこともある。

　いまはひとり暮らしで早く家に帰らなければいけない理由もなく、以前のように定時に帰ることはほとんどない。ほぼ毎日残業で帰宅は十時を過ぎることも多いけれど、楽しく感じている。会社の雰囲気も悪くなく、業務が落ち着いている時期にはみんなでご飯を食べにいくこともある。

　以前よりもずっと、自然体で仕事ができている。もちろん、それも前の会社での経験があるからだ。

　自室に着くなりふたりがけの小さなソファに腰を下ろして「あー」と声を出した。それを待っていたかのようにボタンが膝に飛び乗ってくる。

「ただいまボタン。ご飯いまあげるから」

　言葉を理解したのか、ボタンはにゃあにゃあと嬉しそうに二回鳴いた。少しゆっくりしようかと思ったけれど、ご飯を催促するかのように鳴き続けるボタンに、立ち上がって用意をした。

がふがふとお皿まで食べそうな勢いでご飯を嚙み砕いているボタンを眺めながら、リビングを見渡す。

会社から徒歩二十分の小さな古民家がいまの桃子の家だ。見た目は古いが中はリノベーションがされていて平屋の2ＬＤＫと贅沢な造りだ。その割に家賃はかなり安い。

この街を選んだのはたまたまだった。なんとなく、県をまたいでふらふらと家を探しているときに静かな町並みが気に入り物件を見たことがきっかけだ。不動産屋さんの入り口にこの家が貼り出されていたのを見かけて勢いで契約し、近くで就職先を探していまの会社に再就職が決まった。行動に移せばいろいろなことがトントン拍子に決まるものらしい。運がよかっただけでしょう、と美子には言われたけれど。

そういえば、ここ最近美子から頻繁にメッセージが届いているのに返信していないことを思い出した。『最近どう?』といったものばかりなのでつい放置してしまっている。そろそろ返事をしなければ。

とりあえず今日は疲れたし、やめておこう。一週間働き、明日明後日は土日で休み。そこで連絡すればいいだろう。

「……明日中には日曜締切の仕事を終わらせたいなあ」

最近は副業としてライターの仕事もやっている。もともと書くことが好きだったのでチャレンジしはじめたら少しずつ仕事をもらえるようになってきた。

　これだけで生計を立てられるようになるのはまだまだ先だろう。会社員をしながらでは寝不足に悩まされることもあるけれど、時間すべてを自分のために使える日々は、苦にならない。

　とりあえずコーヒーでも飲もうとキッチンに向かうと、ダイニングテーブルの上に置きっぱなしになっていた結婚式の招待状が目に入った。返信期限を確認しようと中を見る。

　二十八歳になると、第一次結婚ブームが来るという噂は本当だったらしい。友だちの結婚はこれで二組目だ。残念ながら桃子には相手がいない状況なのだけれど、とくに焦りは感じなかった。

　以前の桃子だったら、無駄に焦って置いていかれた気分になっていただろう。

　いまでも、友だちのことを大人だなあと思うことがある。でも、高卒で働いていたとしても大学生活を満喫したとしても、そんなものは関係ないのだともうわかっている。大人になっても、友だちは友だちで、自分が余計なことを考えて勝手に区別していただけのこと。

　ここに来て、自然とそう思えるようになった。いまでは元彼にふたり目の子どもができたと聞いても、すごいなあとしか思わない。毎日自分のことだけで必死な桃子は、ただただ尊敬するばかりだ。

　とはいえ、興味がないわけではない。

　結婚かあ、とつぶやきながら背を反らすと、窓の外の夜空が見えた。

——ここは、あの丘よりも星が綺麗に見える。

翠と離れてから、五年。こうして夜になるたびに翠のことを思い出す。愛しく思った少年は、いまどうしているのだろうと想像を巡らせることもある。

胸が痛くない、と言えば嘘になるけれど、苦い思い出ではない。

自分のことなんか忘れて、生活を満喫してくれていたらいい。翠だったら、きっと前向きに過ごしているだろう。

願わくは、自分のことをいい思い出にしてくれていたらいいなと思う。

「なんて、都合がよすぎるか」

自嘲気味に笑って、よっこいしょと立ち上がると、チャイムが聞こえてきた。

時刻は十時。

こんな時間に訪ねてくる人なんているはずがない。

不審者だろうか、と桃子の体が強張った。物騒なニュースがいくつも思い出される。女性の一人暮らしなので念のために、と会社の社長にもらった古いゴルフクラブを廊下で手にしながら玄関に近づいていく。

出るべきか居留守を使うべきか。

こんなことならカメラ付きのインターフォンを設置しておけばよかった、といまさら後悔しながらしばらく様子を見た。けれど、チャイムは鳴り止まない。

正直怖い気もしたけれど、緊急のなにかかもしれないという思いが拭えず、恐るおそるドアに近づいた。

チェーンをかけたままそっと扉を開けて「なんですか」と睨みつけると、思ったよりも若い男の子が驚いた顔で突っ立っていた。そして、く、と喉を鳴らして笑いを堪えるように口に手を当てる。

若い、というよりも。

サラサラの黒髪は長くなり、後ろでひとつに括っている。メガネをかけているけれど、その奥には昔と同じ二重まぶたの、吊り気味の目元が見える。

変わっているのに、変わっていない彼が目の前にいる。

「……翠？」

桃子が呆然としたまま名前を発すると、翠は、

「久しぶり」

と言った。

どうしてこんなところに翠がいるのか。桃子の頭が真っ白になる。ドアを開けて目の前に立っている翠を見ても、まだ信じられなかった。

「なん、で、ここに？」

「まあ、ちょっと」

戸惑いながら「え？」「なんで」「どうして」「翠？」と何度も口にする桃子に、翠は薄っすらと笑みを浮かべながら「用事があって」「翠だよ」と落ち着いた雰囲気で返す。

しばらく玄関先で同じような会話を繰り返していたけれど、ぴゅうっと冷たい風がふたりの間を通り抜けて、桃子ははっとする。

「と、とりあえず中に」

ドアを大きく開けて中に招き入れると、翠は「ありがとう」と言ってからゆっくりと玄関に足を踏み入れた。横を通った翠に、これは現実なんだ、と思う。少し背が高くなった気がする。声もちょっと低いかもしれない。そして。

「どうかした？」

「……なんでもない」

動揺する桃子と打って変わって、翠は落ち着き払っている。まるで桃子と会うことなんてまったく気にしていないみたいな態度に寂しさを抱いた。どうしてこの場所がわかったのか、どうして会いにきたのか。疑問はたくさん浮かぶけれど、まずは心を落ち着かせる。

翠は至って冷静だ。年上の自分が動揺するわけにはいかない。

それでも落ち着かない心臓を必死に隠しながら、翠をリビングに案内した。翠の姿を不思議そうに見つめるボタンに「お前、写真で見たとおり白黒だな」と言ってぎゅうっと抱きしめる。

ボタンは人見知りをするほうではないけれど、男の人には少し警戒する。それが子どもの場合は仕方ないと言いたげな顔で受け入れるのだけれど、いまの翠はもうれっきとした大人だ。すぐに後ろ足で胸を押し、するっと翠の腕から逃げ出した。慣れるまでもう少し時間がかかるだろう。

いや、翠は今日限りのはず。そうじゃなければいけない。

翠とボタンが親しくなる姿を想像しかけて、慌てて頭《かぶり》を振った。

「あ、コーヒーでいい？」

「うん、ありがとう」

キッチンでコーヒーを淹れてテーブルに置くと、翠は砂糖もミルクもなしにそれに口をつける。やっぱり、大人になったんだなあ。

いまは二十歳のはずだ、と頭の中で計算する。

十五歳のときは少年だったけれど、二十歳。自分との年齢差はなにも変わっていないのに、なぜか近づいた気がした。そんなことを考えたことに気づいて、心の中で自分に「なに考えてんの」と突っ込みながら余計な思考を追い出す。

「えと、どうしたの？」

「いま、どうしてる？」

質問を質問で返されてしまった。無視するのもな、と桃子は簡単に現状を伝える。

仕事のことやライターのこと。それなりに充実して過ごしているよ、と言うと翠は「そっか」と安心したように目尻を下げた。その瞳に寂しさを感じるのはおかしい。そう心の中で言い聞かせて翠のことを聞いた。

「後遺症……どう？」

「左手は結局どれだけリハビリしてもやっぱり前みたいには無理だった。でも、いまは仕事してるよ。まだアシスタントだけど、カメラでなんとか」

「カメラ？」

「桃子にもらったカメラで、ずっと写真を続けてた。何度か賞にも応募して小さな賞をもらったりして」

翠がなにかを作り出す仕事をしている。

昔語ってくれた夢、建築に関わる仕事ではないのかもしれないけれど、できることを始めてそれで生活をしている。それが自分のあげたカメラがきっかけなのだと思うと、信じられないほど嬉しくなった。

「そっか……すごいね、やっぱり翠はすごいね。神様の手だったんだよやっぱり」

「大げさだって、だから」

「そんなことないよ。賞ももらったんでしょ。すごいよ」

喜びを口にしていると、なぜだか涙が浮かんで、頬をつうっと伝った。涙の理由が自分でもわからない。目を伏せると、ふと、視界の隅に大きな手が見えた。

翠の手が、桃子の涙を拭うために差し出された。けれど、それは桃子に触れることなく、空を握ってそのままあるべき場所に戻る。与えられたかもしれないぬくもりに縋るように、桃子の視線は翠の手をしばらく捉えていた。

翠は気まずそうに口を閉ざし、ゆっくりと空気を吸い込んでから、桃子と視線を合わせる。

「桃子のおかげだよ」

そんなことはない。翠が歩んだ道だ。そう言葉にしたかったけれどうまく声が出なかったので、首を振って気持ちを伝えた。

「あのころのおれにとって、桃子は特別に思えた」

「い、いいよ、そんな話」

できれば聞きたくない。

いまさら一緒に過ごした日々をどう思っているかなんて聞きたくない。とっさに言葉を遮ったけれど、「言わせてよ」と言われてしまい、拒否できなかった。

「あの時間があったから、腐らずここまでなんとか大人になれたよ。いろんなものをちゃんと受け入れて、吸収して過ごそうって思えた。いまの自分のことが結構好きなんだよね、おれ」

桃子はふふ、と涙を拭いながら笑った。

大人になったけれど、子どものように笑う翠の姿が眩しかった。

「……私にとっても、あの時間は大事だったよ。だから、せめて、恥ずかしくない大人にちゃんとなろうって思えた。翠に、幻滅されたくなかったから」

好きだったから。

翠と同じように、桃子もいまの自分のことを好きだと胸を張って言える。それは翠にあの手紙を書いてからずっと、たとえもう二度と出会えなくても翠にとって恥ずかしい思い出にならないように頑張ってきたからだ。そして、きっと翠は前を向いているはずだと、そう確信していたから。

お互い同じ気持ちだった。あのときお互いのことが大事で、特別で、愛しい存在だった。けれど、口にはしない。それは過去のものだから。少なくとも翠にとって桃子は完全に過去になった。

だからそれを伝えに、翠はここに来たのだろう。

五年前、翠が家に来たことは美子から聞いていた。そのとき翠は、桃子に会わない選択をした。自分から離れたくせにその話を聞いた桃子は泣いてしまったのを覚えている。翠が前を向いてくれることを望んで離れたのに、いざ自分を切り離して進んでいると知ったら寂しかった。

いまは、あのときよりも泣きたい気持ちだ。

自分のことを五年経っても気にしてくれていたことは嬉しいのに、それが完全なる決別のためなのだと思うと、心の奥底に眠らせていた気持ちをナイフで刺され、そこから一気に感情が溢れてきたように胸が痛んだ。

自分がまだ、ちっとも翠を忘れられていないことを思い知らされる。

「……やっぱり翠はすごいな」

「え？」

聞き返されたので、なんでもない、と言ってまた泣いてしまいそうになる顔を見られないように立ち上がった。

翠に宛てた最後の手紙を蒼甫に渡したとき、すべて吹っ切ったのだと思っていたけれど、本当は気持ちにフタをしていただけだった。見ないようにしていれば、いつか忘れるだろうと放置していただけ。結局、なにひとつ変わらず存在していたことに気づかされる。

翠に再会して、気持ちが一気に五年前に引き戻されるのを感じた。制服を着て、夜の街で翠と過ごした。

あのころと変わらない気持ちが、いまも桃子の胸の中にあり、光り輝いている。

いったい、五年間なにをしてきたのだろう。

強くなった、大人になった、と思っていたのに。自分が情けなくて仕方ない。けれど、そんなことをいまここで落ち込んでいても仕方ない。

いま、ここで、翠とちゃんと向き合って、彼とのことをきっぱりと過去として受け入れよう。

ならば、最後にしなくちゃいけないことがある。

桃子は涙を飲みこんでから、翠にほほえみかけた。

「ひとつ、お願いがあるんだけどいいかな？」

パチパチと火が爆《は》ぜる音が聞こえる。

「こんなところで焚き火なんかしていいのかよ」

「ちゃんと始末するし大丈夫だよ、前も妹とふたりでバーベキューしたし」

桃子のいま住んでいる古民家には小さな庭がある。といっても大家も住民もたいして管理をしていないので殺風景だ。幸い、隣の家との距離も離れている。

桃子は適当な紙を燃やし、庭の落ち葉を集め、小さな焚き火を作った。

「ねえ、ここは星が見えるでしょ?」

「ああ、そういえばそうかも」

ふたりで空を仰いで星を眺めた。深夜になると、この辺りは光が少なくなる。その分、五年前、翠と見下ろした住宅の光のような星空が頭上に広がっている。

あの場所はいまも変わらずあそこにあるのだろうか。あそこでいまも黒猫はひっそりと過ごしているのだろうか。

「いま、黒猫おれの家にいる」

心を読まれていたのかと思うほどのタイミングだった。多分同じことを考えていたのだろう。

「そうなんだ」

「あのあと、なんとなく、放っておけなくなって連れて帰った。すぐに馴染んだよ」

それならあの黒猫も、いまは明るい場所でぬくぬくと眠っているのだろう。

きっと翠も、もうあの場所に行くことがないと思ったからこそ、連れ帰ったのかなと思った。もう、あのころのように遠くの光を眺めるのではなく、自らの手で光を作ることにしたのだろう。

「で、これどうすんの？」

翠がいい感じに火が上がってきた焚き火を指さした。桃子はさっき家から持ってきた紙袋を脇から引き寄せて中身を広げる。

「それって」

「私の、制服。もういらないから」

ずっと置いてあったセーラー服。

引っ越しするときも気がつけば荷物の中に入れて、紙袋に入れたままこの家のクローゼットで眠っていたものだ。

あれから一度も取り出したことはない。けれど、捨てることはできなかった。

捨てるべきだと漠然と思っていたくせになにもしなかったのは、心の奥底で、まだこの制服に詰まった思い出を手放したくなかったからなのだと、いまならわかる。

これを自分の手で燃やせば、またひとつ先に進める。進まざるを得ない。そして、それは翠がそばにいるいまでないと、決行できないと思った。

これで最後にするから、翠が隣にいることに、甘えさせて。

翠はなにも言わなかった。ただ、黙って桃子を見つめている。

炎の中からパチパチと音が聞こえる。真っ暗の中で燃える焚き火が、夜の冷たい空気に晒されるふたりの体を、じわじわとあたためてくれた。ときおり、翠の顔が照らされて、暗闇に大人の彼が浮かび上がる。

風に揺れて炎が赤やオレンジ、黄色に変化しているように見えた。

手にしていた制服をぎゅっと握りしめて唇を噛む。そして、火に近づいていく。指先から腕に、炎の熱が当たりその熱さに制服を離した。

スカート、セーラー服、最後に、リボンとカバン。

赤い炎に包まれて、ゆっくりじっくりと形を変えていく思い出。じりじりと焼けていく匂いがした。心のどこかでいまだ拠り所にしていたもの。これがなくなっても、過去は変わらない。でも、それでいいんだとやっと思えた。

翠も隣でじっとそれを見ていた。

ただ黙って、思い出が燃えて夜空に煙になって立ち上がっていくのを見届けた。煙はすぐに消えてなくなる。

トングで少しかき混ぜると、制服は煤《すす》になりすっかり変わり果て、なくなった。

終わった。終わってしまった。

桃子の中の青春が、いま、過去になった。

桃子にとって、青春時代の思い出を訊かれたら、学生時代ではなく、五年前のあの公園での時間を思い浮かべることになるだろう。

終わって、やっと自分は次に進める。

終わらなければ、始まりがない。それが、いまだったんだな、と思った。

炎の煙が目にしみて、空を仰ぐ。

翠と会うのは、結局夜ばかりだったな、と心の中で呟いた。


「もう電車ないけど、帰れるの？」

すべてが終わったときには一時を回っていた。

玄関で靴を履く翠を見つめながら、翠に訊く。

「まあなんとでもなるよ」

「駅前に二十四時間営業のファミレスがあったと思うけど……」

「いいなそれ」

翠は笑ったけれど、心なしか元気がないように見える。きっと仕事が終わってからここに来て、こんな時間になってしまったのだ、疲れも出るだろう。

うちに泊まってもらう、という選択肢が一瞬ちらりとよぎったけれど、口にはできなかった。翠もなにも言わなかった。

「駅まで送ろうか？」

「子どもじゃないし、桃子のほうが危ないだろ」

「じゃあちょっとだけでも」

いいよ、と拒否する翠を無視して桃子も靴を履き、玄関に置いてあった家の鍵を手にした。翠とともに外に出て、鍵穴に鍵を差し込む。

「本当に大丈夫だ……」

翠が振り返り、言葉を途中で止めた。「なに？」と振り返ると、桃子の手元をじっと見つめて固まっていた。

手にあるのは、家の鍵。そこにはひとつのキーホルダーがついている。バッグチャームをキーホルダー代わりにしているもの。

「それ」

「……っこ、これは」

毎日使っているので意識しておらず、はっとして慌てて隠すけれど、その手をがっしりと摑まれて翠の目の前にあらわにされてしまった。

月の明かりを受けて、綺麗な球体とそばの猫の目が輝く。

「なんで、これ持ってんの？　おれの作ったやつだよな」

「あ、いや、これは……」

「なんで、家の鍵なんかにしてんの」

翠が怒っているような気がして顔を上げられない。手を振り払おうにも力はまったくかなわない。

だって捨てられるはずがない。

翠が作ってくれたもの。桃子のために、作ってくれた、たったひとつのもの。失いたくないし、返せないし外したくもない。

これを見ると、幸せだった日々が蘇る。すべてを過去にして前を向くと決めたあとでも、この翠からのプレゼントは桃子にとっての光だった。これを見れば、翠も頑張っているんだと思えた。そうすることで、自分を奮い立たせることができた。

これを失ってしまったら、翠とつながっていたあの日々が、本当はなにひとつ存在しなかったことになるのではないかと思えた。

いまだにこうして大事にしていたことを翠がどう思ったのか。八歳も年上の女が当時中学生だった翠に恋愛感情を抱いていたことに気づいて、気持ち悪い、とか思っているかもしれない。そう想像するだけで泣いてしまいそうになる。

だめだ、ここで泣いたら、いままで閉じ込めていた感情が溢れ出てしまう。必死に歯を食いしばって耐えた。

「離し、て」

お願いだから。

目をぎゅっとつむり声をしぼり出すと、翠の力はますます強くなった。

――そして、

「おれはずっと、桃子のことが忘れられない」

思いもよらない言葉が聞こえてきて、桃子の体から力がするっと抜けた。

桃子の手を掴む翠の力は変わらない。

「忘れようとしたけど、ほかの女の人を見ても、桃子のことばかり思い出すんだ。だから、二十歳になるまでは我慢しようって……二十歳になったら会いにいこうって、決めてた」

顔を上げると、翠の瞳にも涙が溜まっていた。桃子と同じように、必死にこらえようと歯を食いしばっているのがわかる。

「蒼甫に頼み込んで……桃子の妹のこと調べてもらって、必死に頼み込んでここを教えてもらって、でも来るまで一ヶ月もかかって……」

「美子に？」

そういえば最近やたらとメッセージが届いていた。あれは探りを入れていたのだろうか。

「きっと、桃子はもう……新しい日々を過ごしていると思ってた。それを知ったら諦められるって思ってたのに。さっき目の前で制服を燃やされて本当に過去にされたんだなって思ったら、なんかバカみたいに思えて」

「……だって」

だって翠が先に過去にしたと、そう思ったからだ。

掴まれていたはずの手は、いつの間にか握りしめられていた。大事なバッグチャームごと、桃子の気持ちごと、包み込むように。

「これは、幸せの、証《あかし》だから」

人に大切に想われた、人を大事に想ったあの瞬間は、桃子の中の大切な道標《みちしるべ》になっている。過去に縋っているわけじゃない。過去がいまにちゃんと続いている。

空いている手で翠の服をギュッと握りしめた。

「おれ、八歳も年下だけど」

「それを言うなら、私は八歳も年上だよ」

桃子が翠の胸元に顔を近づけるのと、翠が桃子の背に手を回して引き寄せるのと、どちらが先かはわからなかった。

「そんなこと気にしたって、明日おれが急に歳取るわけじゃないし」

「翠は、そのままでいいよ」

「桃子も、そのままでいいんだよ」

あのとき、ともに過ごした時間が愛しいから。

でも、そう思えるのも、それを受け止められるようになったのも、いまだからだ。五年前ではお互いに認められなかった。

どこかで、幸せでいてくれたらいいと思っていた。それだけでよかった。でも、それが自分の隣ならいいのに、ともこの五年間思っていた。

「翠は、もう私のことを忘れるために、ここに来たのかと思った。ずっと、落ち着いてて……私ひとり、わたわたしてて」

「そんなはずないじゃん。大人になった自分を見せなきゃって、かっこつけてただけ」

翠が桃子の肩に顔を載せて答えた。拗ねたような口調から、翠の変わっていない姿が見えた気がして、ふっと肩の力が抜ける。

「この五年間、何度も桃子にひとりで話しかけてたんだけど、直接聞いてもらいたい」

「わたしも、翠に話したいことたくさんあるよ」

じゃあ、と翠が体を起こし、桃子と目を合わせる。

「ずっと言いたかったんだけど」

「なに?」

「今日、泊めてもらっていいですか?」

翠の突然の敬語に、泣きながら噴き出してしまった。握りしめた手をそのままに鍵を開けて中に入る。

夜が明けたら、昇っていく光を浴びて今度はこれからの話をしよう。


ふたりの夜はもうすぐ終わる。

本書はフィクションであり、実在の人物および団体とは関係がありません。

真《ま》夜《よ》中《なか》だけの十《じゆう》七《なな》歳《さい》

櫻《さくら》いいよ

2019年8月5日初版発行

発行者……千葉 均
発行所……株式会社ポプラ社
〒102-8519 東京都千代田区麹町4-2-6
電話……03-5877-8109(営業)
03-5877-8112(編集)
フォーマットデザイン 荻窪裕司(design clopper)
組版・校閲 株式会社鷗来堂
印刷・製本 中央精版印刷株式会社

ポプラ文庫ピュアフル

ホームページ www.poplar.co.jp

N.D.C.913/278p/15cm
ISBN978-4-591-16363-4
P8111279

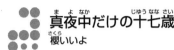